怎麼就
邊緣了呢？
肉蟻的歷史邊緣人檔案
文·插畫
肉蟻小姐

敬告讀者：本書為了表現出社會既定的成見，可能使用了諸如「瘋子」「畸形」等常見詞語來敘述某些狀態，但這絕非作者本意。我相信，任何一個人的外觀或是精神與心理狀態，都值得被尊重與同理。若用詞讓讀者覺得不適，在此先致上最誠摯的歉意。

推薦序

閱讀邊緣人的故事，是拓展知識邊界的開始

翁子騏

我們往往認為，邊緣人離自己很遙遠，實際上，每一個人如你我，都可能是邊緣人。即使是那些在職場上展露鋒芒的人生勝利組，一旦當他們離開了工作主場，走回親密關係、友情或家庭關係中，也可能變成你無法想像的邊緣人。

有趣的是，如果我們從另外一個角度來看，不論是我們所知的，或習以為常的，那些出類拔萃的概念和事物，多半都是從「邊緣」開始的——從最開始的不可理喻、荒謬、瘋子、汙名，一直到最後成功了。這樣的過程，被包裝成一個又一個偉大的精采勵志故事，這些「成功者」的思想被接納為主流，大眾這才朝著邊界移動，而當初的邊緣人也因此進入主流殿堂，不再顯得那麼特立獨行。

至於那些失敗的，則形同棄子般，繼續被人們看待為邊緣與異類，捲入歷史的洪流中。

然而，無論是失敗的或成功的，人類社會、歷史與文明的邊界，正是由這些邊緣人前仆後繼地探索、開拓，而逐步累積的。如果我們沒辦法接納這些邊緣人物的存在，無異於

抗拒人類群體的前進，最後反而會讓自己落入邊緣。

邊緣人物形塑了人類社會的邊界，於此同時，人類的社會也持續擠壓出各式各樣的邊緣人物。

網路和科技的進步，加速了去中心化的實現，造就了眾聲喧譁的新生態。我們身處的世界，接下來只會越來越趨於顆粒化，意識形態不再只是一刀兩斷的非黑即白，（還有人會這樣輕易認爲嗎？）個體也不再只是用標籤貼上好人壞人、天才瘋子、富人窮人、善良邪惡、主流非主流、陽剛陰柔、傑出平庸……這麼簡單。

這正是本書有趣的地方，肉蟻小姐用獨特的角度來描寫這樣的人物。閱讀更多邊緣人的故事，我們因此能用更開闊和包容的眼光，看待群體中那些離我們相對遙遠的「異類」。這些異類都有自己的故事，透過閱讀此書，能幫助我們更往人性靠近，拓展知識的邊界。

（本文作者爲「方格子」執行長）

前言

在世界的邊緣之處，我書寫

怪胎，與故事的起源

如果一定要我說出一個起點，解釋為什麼我想書寫「邊緣人」的故事，那大概要回溯至五年前的某一天，發生在我身上的一個小故事：

五年前，我正處於嚴重的低潮期，情緒混亂、恐慌與焦慮症纏身，對眼前的一切都陷入一片迷茫混亂。在那樣的情況下，我與朋友進了電影院，看了《哈利波特》前傳：《怪獸與他們的產地》。看完後，我在私人臉書寫了一篇文章：〈每個魔王，都曾是想被愛的小怪胎〉。

在文章裡，我認為，許多被世界鄙視的「魔王」，其實都曾是缺乏愛的「小怪胎」。因為被世界所冷眼，他們失去容身之處，不得不張牙舞爪，成為駭異的妖魔鬼怪。

「沒有愛的哈利波特，可能會成為佛地魔。」

這是我整篇文章想傳遞的、最重要的訊息。我沒有想到的是，這篇文章，被我擔任特殊教育老師的朋友做爲教材，鼓勵孩子們要對自己更有自信。

一直以來，我都是個自我感覺不良的「邊緣人」。我完全無法想像，自己的文字，能成爲對他人有意義的事物。當我看到那些孩子積極的回信後，我開始思考：或許我的文字，可以爲其他人帶來一點什麼。

「沒有任何一個人應該被社會遺忘。」

「再渺小的人物，都有他存在的意義吧。」

「我想爲每一個無法發話的邊緣人，說出他的故事。」

出於這樣的心情，我成立了「肉蟻小姐」粉專，並開始撰寫「邊緣人」系列專欄，搖搖晃晃（且慢慢吞吞地）寫到今天。

我沒有想到的是，在自己書寫的途中，我再度遇到了一件深深影響我的事情——而這也同時讓我意識到，邊緣人，與我們的距離眞的並不遙遠。

我身邊的邊緣人

二〇二一年二月四日，我的舅舅走了。短短一個月，從確診癌症、緊急手術到逝世，一下子，一個活生生的人，就這麼消失了。

舅舅一直是家裡傷腦筋的存在。剛出生時體弱多病，長期休學；身體好轉後卻不讀書，逃學蹺家；長大後拒當上班族，嚮往自由，成爲只穿夾腳拖、不修邊幅的計程車司機。但結果，卻欠了一屁股債、離了婚，一個人租了小小的房間，過著存不了錢、偶爾必須靠我爸媽救濟的生活。

關於他爲什麼欠下鉅款，就跟他爲什麼會跟舅媽離婚一樣，是無人知曉的謎。總說著自己才懂的冷笑話，愛吃檳榔的舅舅，在我面前總是微笑著，好像一切都無所謂一樣。但，也可能只是不想在我面前，露出黯然的表情。

小時候，媽媽因爲工作忙，常把我交給舅舅照顧。童年記憶裡的舅舅，留著長髮，總開著計程車帶我到處遊蕩，告訴我什麼東西好吃。那時我覺得舅舅無所不能，就像魔法師一樣。

讀國小後，體弱多病無法上體育課的我，成爲班上安靜的「邊緣人」。不擅長交際的我，只能埋頭沉浸在《哈利波特》的世界。我經常幻想，如果我有魔法，就可以讓身邊的人都很快樂——讓家裡不愁吃穿、讓我身體變好，或是讓離婚的舅舅不再孤單。

成年後，我發現，魔法不是那樣的存在。並沒有一揮魔杖就掉出錢、一喝藥水就戀愛的魔法，我必須掙扎痛苦，才能換來報償。看著常加班、沒時間談戀愛的我，舅舅經常碎念：

「不要上班上到把身體搞壞。」

「要找個男生好好來愛一下啊！」

「年紀到了，就找個人結婚定下來吧！」

身為雙性戀，又抱持不婚主義的我，只是翻翻白眼。那時的我不再覺得舅舅無所不能了，只覺得他的觀念老舊又囉嗦，不懂我這種年輕人的浪漫。

在他走了之後，我跟家人來到他的租屋處。幾乎只容得下一張床的窄小房間裡，堆滿了垃圾、酒瓶，跟一些破掉的衣服，那就是舅舅所留下來的一切了。但是，在那堆東西裡，我看到我寫給舅舅的卡片——它放在桌上，一眼就可以看到的地方。而他偷偷藏在抽屜裡的相簿，全都放著早已離婚多年的、舅媽的照片。

那一刻，我心想：或許舅舅是浪漫的。即使觀念不一樣，但他愛身邊的人，就算那人早已離開，他都沒有忘。

在《哈利波特》裡，天狼星死去時，掉入一張看不到的簾幕之後——哈利相信，天狼星就在那後頭，看著他，對他說話。舅舅走後，我失眠了好久，好久，懷念舅舅煩人的碎碎念。但是，我明白，即使有魔法，落入簾幕後的人，我依然喚不回。

媽媽曾不只一次說過：「妳舅舅，就是妳在寫的邊緣人啊。」

一直以來，我經常寫的「邊緣人」故事，往往來自世界與時間的另一端，是遙遠某人的記憶。可是，我卻從沒有寫過身邊的人，沒有意識到，那個離我最近的邊緣人，與他背後眞實的人生。

舅舅很愛唱〈我是一隻小小鳥〉，跟伍佰的〈愛你一萬年〉。而這世界有好多的小小鳥，他們是被遺忘、被忽視、被拋下的邊緣人，用盡一生努力活著，卻飛也飛不高。即使如此，他們還是好努力好努力地，愛著什麼，追逐著什麼。我相信，即使看起來再怎麼渺小，他們的故事，都有著無比重要的意義。

所以，就讓我把這本書獻給我的舅舅吧。

他是隻好努力好努力飛過的小小鳥，愛一個人會愛上一萬年；雖然沒有魔法，卻讓我看見了魔法——他，曾經存在於這個世界上，是我最愛最愛的邊緣人。

Contents

Part 1
不被祝福的愛情邊緣人

01

兩個安妮，
與一段愛情

爲了一段不被世界肯定的愛情，你，可以走多遠？

當你與愛人終於逃離世界的束縛，浪跡天涯，對方卻在途中不幸過世，你能夠承受那分被獨留下來、面對世人冷眼的痛苦嗎？

一八四一年四月，安妮．沃克爾（Ann Walker）正承受著這般巨大的折磨。

身穿一襲長裙，搭著搖搖晃晃的馬車，安妮．沃克爾面容憔悴，蒼白的臉上幾乎毫無血色。她的眼眶因爲反覆哭過而顯得紅腫；曾經蓬鬆柔美的金髮，此刻顯得亂無章法，隨意地黏在自己臉上。

車上還有一個人，但不在車內。那個人，是安妮．沃克爾的愛人，此刻正靜靜躺在棺木之中，已是具冰冷的遺體。早在八個月前，她的愛人就死了。安妮．沃克爾爲愛人做了防腐處理，不顧世俗恐懼的眼光，從遙遠的國度，將遺體運回故鄉英格蘭。

駕車的僕從默不作聲，世界彷彿只剩下達達的馬蹄，在英格蘭的鄉村路上響徹。烏鴉低空飛過灰暗的天空，而安妮的眼神，正隨著烏鴉飛離的身影，望向灰色天光下，綿延的草原。

遠方，一幢熟悉的莊園，正映入眼簾。

「我們快到家了喔。」

「回我們兩個的家。」

安妮．沃克爾對著本該在身邊、握緊自己雙手的愛人說。

再過不久，安妮．沃克爾將帶著棺木，前往鄰近的教堂。她愛人的靈魂將不會有神的庇佑，更沒有世俗的讚揚；葬禮之外，鎮裡的人們將議論紛紛，痛斥安妮與愛人是多麼傷風敗俗，多麼離經叛道，多麼邪惡有罪。

安妮．沃克爾與愛人的罪，是什麼呢？其實，就只是相愛罷了。

安妮．沃克爾深深愛著、此刻卻躺在棺木裡的人，很剛好地也叫「安妮」。在很久很久以後，人們會反覆訴說，關於兩個安妮，與一段愛情的故事。在那個還不懂愛可以不問性別的保守年代裡，安妮與安妮，她們相遇了，然後相愛了。

那個安妮，與她的日記

十八世紀末，棺木裡的安妮，還只是個初生的嬰孩。她的父母，爲她取名爲安妮．李斯特（Anne Lister）。

她誕生於英格蘭北部的奔寧山脈山腳下，這是英國最著名的文學景點之一，愛情鉅著《咆哮山莊》與《簡愛》都源自於此。而這似乎也象徵了安妮．李斯特的一生，注定充滿深刻入骨、世俗難容的磅礡愛情。

安妮．李斯特的父親，是參與過美國獨立戰爭的軍人，家族富裕，這讓她從小便接受了充足的學術教育。在當時，英國女性沒有財產繼承權，更無法上大學，只能等待婚嫁。但安妮．李斯特並不甘於這樣的人生，她求知若渴地學習了各國語言、數學、天文學、地質學等豐沛知識。而隨著知識充裕，也孕育出她叛逆的性格。

她的叛逆之處在哪裡呢？最顯眼的，莫過於她極為中性的外觀：拒絕穿上華麗的裙裝，安妮．李斯特從小便穿著素黑褲裝，頭髮嚴謹地盤起，再戴上高高的黑帽、腳踏黑色皮鞋，使她顯得格外英挺颯爽。除此之外，她豪邁的談吐、火熱的性格，都使她與一般女性極為不同。

每當她走在英格蘭的街道，總會引來周圍民眾的議論紛紛：「簡直就像個男人！」自詡「紳士」的上流男性，紛紛恥笑安妮．李斯特模仿男性的舉止。他們會寫匿名信件羞辱她，或刻意在眾人面前向她求婚。背地裡，人們為她取了個綽號——紳士傑克（Gentleman Jack），嘲笑她自以為能與男性齊平的不自量力。

安妮．李斯特的父母對此深感羞恥，因此在她七歲時，便將她送至女子寄宿學校，希望嚴格的教育能讓女兒「迷途知返」。但頑強的她，甚至連老師的打罵都不放在眼裡，這讓她經常被關禁閉，丟進暗無天日的閣樓「自我反省」。

無人理解的日日夜夜裡，安妮．李斯特開始將心事一點一滴記錄在日記中。她以自創的密碼替換英文，封鎖住真實的心聲，持續記錄，直到死亡到來的那一天。短短四十多年的生涯裡，她寫下了二十六本日記、十四本遊記，共五百多萬字。

是什麼樣的心事，讓她必須如此如癡如狂地書寫，並且必須以密碼封印呢？是的，正是愛情。在她那滿是密碼的文字裡，隱藏的，是當時還無人理解的深刻愛戀：做爲一個女人，安妮．李斯特從小便發現，自己只能愛上女人。

那個安妮，與她的萬千愛戀

「我深愛且只愛與美女的性愛，並因此被她們所愛，我的心拒絕任何一種除此之外的愛情。」

——安妮．李斯特的日記節錄

一八〇四年，十三歲的安妮．李斯特被送到約克莊園學校。因爲行爲「不端莊」，她與另一名問題學生伊麗莎（Eliza Raine），一同被關在昏暗的閣樓之中。擁有俊美的容貌，與充滿文學造詣的浪漫口條，讓安妮．李斯特極爲迷人，伊麗莎無法抵抗這強大的吸引力，兩人一同墜入了深深的愛河。

在十九世紀——這個甚至連女同志（lesbian）這個詞彙都還沒發明出來的時代裡，自知只愛女人的安妮．李斯特，只能在未知的領域中，逐步探索著，自己想要的愛情是什麼？很快的，安妮．李斯特領悟到，雖然自己愛的是女人，但不願意因爲這樣，就隨意找個「願意愛自己的女人」將就。

「我必須活在愛與被愛之中，才能獲得幸福。」

——安妮．李斯特的日記節錄

對安妮．李斯特而言，愛情應該性靈與物質都能滿足，才是完美的。她決定要找一個能與自己深深相愛、學識相近，且財力雄厚的女性，做爲自己的理想伴侶。爲了尋找完美的另一半，她離開了伊麗莎。這讓伊麗莎陷入絕望，甚至必須進入精神病院治療。

在接下來的歲月裡，如果用現代一點的詞彙形容安妮．李斯特，或許可以用「渣女」來形容吧？安妮．李斯特四處尋找能讓她怦然心動的靈魂伴侶，周而復始地四處調情、約會，與分手。

安妮．李斯特的魅力讓衆多女性難以招架。在那個男性主控權極大的時代，一位迷人俊俏又懂女人心的「紳士麗人」，讓保守的女孩們心裡都開出了花。但，沒有誰可以眞正進駐她的心。女孩們不是太驕縱，就是太膽怯，她幻想中的理想女神，始終沒有出現。

「我知道我的心，也了解與我相似的人們。但即使如此，我依然與世人如此不同，或許這世上終究不會有與我相似的人了。」

——安妮．李斯特的日記節錄

直到有一天，她遇到了名為瑪麗安娜（Marianna Lawton）的女孩。身為醫師的女兒，瑪麗安娜聰明、美麗且富有。

安妮．李斯特深深愛上了瑪麗安娜。她每天寫數封書信給對方，為了見愛人一面，她騎馬穿越整個約克郡，不畏風雨、跨越六十多公里去見她；她甚至為兩人訂做了婚戒，用自己的方式與對方私訂終生。

諷刺的是，在男性主導的世界觀中，由於女同志不會未婚先孕，比起與男人未婚戀愛體面得多，因此家族多半不會加以干涉。但，這種默許，其實源自不承認這種愛情，世人只視之為「婚前的小遊戲」，時間一到，終究該收心找個男人結婚。

安妮．李斯特沒有想到的是，她深愛的「靈魂伴侶」瑪麗安娜，竟也抱持這種看法：私底下，瑪麗安娜為這段關係感到羞恥，不管是安妮．李斯特前衛的男裝、還是不顧體統的言行，都讓瑪麗安娜無法接受。

安妮．李斯特二十四歲那年，瑪麗安娜決定與一名富有的鰥夫結婚。這徹底粉碎了安妮．李斯特的心。更淒涼的是，她甚至必須以「閨密」的身分，坐在教堂中，眼睜睜看著自己的愛人嫁為人妻。

接下來的日子裡，她持續以閨密的身分，與人妻瑪麗安娜保持「不純粹」的友誼。她參與瑪麗安娜的蜜月之旅，忍受愛人與丈夫調情；更不定時住進瑪麗安娜的房間，與她同床共枕。

「這世上將再無人，能像我一般如此寵愛著她。」

——安妮．李斯特的日記節錄（寫給瑪麗安娜）

瑪麗安娜的丈夫默許這一切，畢竟只要不會懷孕，在那個年代，就不被視為偷情。但即使如此，瑪麗安娜依然無法承受他人的嘲笑眼光。她請求安妮．李斯特，不要在大家面前與她親暱，因為這令她十分丟臉。

終於，三十二歲的安妮．李斯特心灰意冷，拋下這段長達十年的愛戀，遠赴歐洲大陸，此生再也未與瑪麗安娜相見。

那個安妮，與她的事業

漂泊於歐陸的歲月裡，安妮．李斯特再度成為玩世不恭的花心女子。周旋於一個又一個富家千金之間，希望進入上流世界，以達衣食無缺的目標。其中當然不乏失敗的戀情，每個她認爲是眞愛的女性，最終都會拋下她，選擇與男人結婚。

但，她依然堅信，有一天，她會找到那個完美女孩。

在成就方面，她同樣展現出過人的膽識：安妮．李斯特走遍各國，甚至成爲第一個登上庇里牛斯山的女性；她學識豐滿、談吐迷人，讓她建立起良好的上流人脈，社交手腕甚至強過許多貴族男性。

一八三一年，她四十歲了，卻不減她的俊美。此時，李斯特家族因人丁漸少而逐漸沒落，身爲女性的她，終於決定回國接手祖產希伯登莊園。

面對家道中落的危機，她以強勢的魄力，建立起遍及整個約克郡的礦產事業，讓家族的聲望與經濟實力再度提升。對當時的女性來說，她已企及了無可想像的成就高度。

但總有一件事，她始終無法滿足——愛情。

做爲一個攀越庇里牛斯山、又締造家族偉業的奇女子，她心目中的愛情高度，卻似乎高得無法達成，終要成爲一場虛空幻影。她沒有想到的是，愛情，終究還是來臨了。而且，近得讓她無法想像。

當安妮，遇上她的安妮

在很久以前，當安妮．李斯特眼裡還只有瑪麗安娜的時候，她的隔壁鄰居鴉巢莊園

（Crow Nest）繼承人安妮．沃克爾，還只是個十多歲的少女。

不同於安妮．李斯特前衛的作風，安妮．沃克爾生性低調柔弱，沒有突出的性格。穿著典雅服裝的她看起來，與當時所有溫順的千金小姐一樣，只等著某天嫁人生子，過著沒有波瀾的平靜人生。因爲如此，即使安妮．沃克爾家境富裕，安妮．李斯特也不曾視她爲戀愛對象——她太無聊、太稚嫩，也太沒有「性靈的光輝」了。

但在無數次千帆過盡之後，四十歲的安妮．李斯特，終究回到希伯登莊園，並與已經二十九歲的安妮．沃克爾相遇。

那次相遇，最初其實帶著功利的意圖。因爲安妮，李斯特必須振興家業，她希望藉由「認識」安妮．沃克爾，以得到雄厚的財產贊助。

但，隨著時間的流逝，兩人的相處，漸漸添上了不同的色彩。也許是安妮．李斯特已磨去了年少的輕狂銳氣，而安妮．沃克爾也擁有更成熟的思想韻味。安妮．李斯特漸漸發現，在內斂的安妮．沃克爾心中，藏著與自己相似的花火。

雖沒有光芒萬丈的談吐，但在每一抹笑容、每一句話語、每一瞬日常的瑣碎片刻裡，安妮．沃克爾始終注視著自己，彷彿看進她的靈魂深處。

「在小屋度假時，以及我們回來之後，我意識到我眞的很愛她……我眞心地相信，我可以讓她，甚至我自己都感到幸福……一切的命運多麼奇怪！到頭來，我的終生伴侶竟然是這位沃克爾小姐。」

——安妮．李斯特的日記節錄（寫給安妮．沃克爾）

或許愛情本就是謎，唯有在遇到的時候，才能看見它真正的模樣。經過無數次無數次，在人海茫茫中追尋、錯過、失散、分離之後，驀然回首，剛剛好的兩個人，在那樣剛剛好的時刻，不晚，也不早地，相愛了。

當安妮，選擇她的安妮

安妮．李斯特四十一歲那一年，她向安妮．沃克爾求婚了。安妮．沃克爾眼神黯淡，做爲一名莊園主，她終究不敢做出這麼離經叛道的選擇。

「啊，又是一樣的結果嗎？」

安妮．李斯特再一次收起破碎的心，她有經驗，知道自己終究會被拋下。爲了避免尷尬，她前往巴黎居住了半年。但是，當安妮．李斯特回國時，她赫然發現，安妮．沃克爾竟然還在等她，並在這半年的時間裡，拒絕了其他男人的提親。

「我想好了。我無法接受跟其他男人結婚的可能。我選擇妳。」

一八三四年，復活節的那個禮拜日，爲彼此修好遺囑的兩人，前往約克郡的聖三一教堂（Holy Trinity Church）共領聖餐。雖然沒有正式的婚姻儀式，但，對她們來說，那就是屬於她們的「婚禮」了。

當陽光從教堂的窗戶灑下，照在兩人的臉上——那是個似曾相識的景色：多年前，安妮．李斯特曾在另一座教堂，目睹深愛的瑪麗安娜成爲別人的妻子。

那時候，她曾懷疑，自己終生都無法得到眞正的愛情。但此刻，她居然在這裡，與另一個安妮，互相選擇了彼此。在漂泊這麼這麼長的時光之後，她們終於找到了自己的歸屬，自己的家。

這個安妮，與她的遠行

婚後的兩人，搬進了安妮．李斯特的希伯登莊園共同生活。兩位莊園女主人的「結合」，立刻引起當地輿論。人們的揶揄接踵而至，地方小報甚至貼出諷刺的報導「恭賀李斯特上校迎娶妻子」。

而兩人的婚姻，其實也沒有一帆風順。安妮．李斯特開始關注地方政治，讓安妮．

沃克爾備受冷落，情緒因此陷入低潮。但，就像所有步入婚姻的夫妻一樣，她們會爭吵衝突，但也會慢慢習慣彼此的好與不好。

閒暇時，安妮．李斯特會帶著安妮．沃克爾到處旅行。她們在法國登山，也去俄羅斯度過漫漫冬季。雖然世界並不總是溫暖，但只要兩人在一起，她們就擁有「家」。柔弱的安妮．沃克爾，可以在強勢的安妮．李斯特身後，躲過世界的風風雨雨。

如果故事，可以就這樣停在這裡，或許就是個幸福的童話了吧？

但，最終，那個「家」，還是破滅了。

一八四〇年夏天，兩人前往高加索山脈一帶旅行。八月，安妮．李斯特寫下一篇日記。她沒有想到的是，那居然是自己的最後一篇日記。

九月二十二日，由於遭蚊蟲叮咬，引發高燒，安妮．李斯特，就這麼在異鄉死去了，享年四十九歲。

不同於安妮．李斯特，柔弱的安妮．沃克爾，並沒有流傳於後世的日記可供參照，因此我們永遠無法知道，那一天，她是以什麼樣的心情，看著安妮．李斯特一點一點失去呼吸，離開人世。她是個不懂世事、受盡保護的千金小姐，也不曾獨自攀越過庇里牛斯山。

但，緊接著，安妮．沃克爾所做的事情，幾乎成了一則傳奇。

就像安妮．李斯特一直守護著自己一樣，這次，換她成為那個保護者了——她將遺體做了防腐處理，保持安妮．李斯特一直以來英俊的模樣。接著，她帶著遺體，展開一場歷時八個月、總長七千多公里，橫跨將近半個地球的歸鄉遠行。

一如她的姓氏沃克爾（Walker，走路者），安妮．沃克爾的這段旅程，是極度孤獨的苦痛之旅。沒有任何人以文字記載她沿途的艱辛，但，正如她的愛情，低調卻深刻，她一步一步，將愛人帶回了英格蘭。

「我們到家了喔。」

一八四一年四月，安妮．沃克爾帶著安妮．李斯特，回到了兩個人的家。

這個安妮，與她的孤寂

沒有人知道，安妮．沃克爾是以怎樣的心情，推開曾屬於兩人的家門；沒有人知道，她是以什麼樣的表情，爲安妮．李斯特下葬。葬禮過後沒多久，積怨已久的鎮民與警方，強行闖入兩人居住的莊園。他們逮捕安妮．沃克爾，說兩人是「魔鬼的化身」，犯了道德重罪。

據說，一向溫順的安妮．沃克爾當時將自己反鎖在房間裡，手中緊抓著安妮．李斯特留下的各種資料文件，擔心愛人遺留的房產與經濟成就被別人奪走。當衆人撞開房門時，安妮·沃克爾手上正拿著一把上膛的槍。人們因此聲稱，安妮·沃克爾早已精神錯亂，於是將她帶往暗無天日的精神病院，強行幽禁。當她被釋放後，仍居住在安妮·李斯特的莊園很長一段時間。

一八五四年二月二十五日，安妮·沃克爾孤獨地死去了。死後沒有留下任何一本日記，甚至連一張肖像畫都沒有。關於她的紀錄，多半來自於安妮·李斯特遺留的日記。一如她低調的個性，來與去都那樣無聲無息。而在她死後，再沒有人在乎，這座以愛情聞名的山腳下，曾有兩位安妮，轟轟烈烈、不畏世俗地愛過一場。

這段愛情，是從何時開始，才終於被世人理解呢？答案是：兩百年後。

一九八〇年代末期，李斯特家早已衰敗，家產隨之四處變賣。一位歷史學家在圖書館，翻到李斯特家因變賣而流出的神祕日記。

在沒日沒夜地破解密碼後，史學家赫然發現，這是屬於安妮·李斯特的「同性戀愛情紀錄」，內含大量的同性性行爲描寫、對性向與生活的苦惱、調情過的每一位女性，當然，也有她與安妮·沃克爾的故事。

事實上，李斯特家族早有人破譯了這些密碼，但卻因爲感到羞恥，不願意對外公開。二〇一三年七月，英格蘭正式宣布同性婚姻合法化。當年安妮·李斯特和安妮·沃克爾「結婚」的聖三一教堂門口，隨即掛上一塊彩虹色的標牌，正式確立兩人在此成婚的合法性。

由於目前只有發現安妮·李斯特的日記，因此，她被西方稱爲現代第一位女同志。但愛情，從來不只屬於一個人，只不過留下詳細文字紀錄的，是「那個安妮」，而不是「這個安妮」。

讓我再問一次：爲了一段不被世界肯定的愛情，你，可以走多遠？

兩位安妮，在面對愛情到來時，都選擇了「前進」，掙脫世界的枷鎖、走出歧視的冷眼。一位安妮有著翻山越嶺也要尋找眞愛的決心，另一位安妮則有橫渡世界也要帶愛人回家的勇氣。在一個對愛還沒有廣遠視野的古老年代，她們用自己的一生，告訴世人：眞愛眞的存在，只要你願意，走得比世界更遠，更遠。

「肉蟻的邊緣碎碎念」

當你的愛情，還沒有名字

說來奇妙，現今我們極為熟知的「女同志」（lesbian）一詞，其實是到非常近期才真正被「正名」的。

在六〇年代，美國石牆革命掀起了同志運動的浪潮，但當時，無論男女同性戀者都稱呼為「gay」。隨著運動聲浪加溫，女同志族群越來越不滿於由男同志主導發語權，加上當時女權主義者多半排擠女同志族群的發話空間，因此直到七〇年代初，才將古希臘時期女同性戀詩人莎芙（Sappho）的出生地蕾絲芙絲島（Lesbos），轉化為女同志的專屬名詞「lesbian」。

但，早在還沒正名以前，同性戀族群便一直存在了：

在中國古代，稱呼女同性戀者為「石磨」「磨鏡」，藉以指稱女女性行為互相摩擦的動作，宛如磨豆腐；而在古代西方，則稱呼男同志為「雞姦者」（sodomite）。但這種命名方式，抹去了同性戀者互相愛戀的心情，過度強化性交的動作，將此視為「倒錯的性行為偏好」，是種「病」，而非「性向」。

在這種「不把同性戀者的愛情視為愛情」的歧視下，各文化隨之而生的應對方式也有所不同：中國古代對同性戀文化看似較為包容，但其實仍以「擁有獨特性癖好的人」來看待；信奉基督教與天主教的西方國家則更為嚴厲，同性性行為多半被視為一種會下地獄的惡行重罪。

看似默許，其實是忽視

但，在古代西方，相較對男同志的大力撻伐，女同志卻似乎較少出現嚴重到被審判的程度──例如，我們都聽過大作家王爾德因為「雞姦罪」被判刑，但卻少見女同性戀者被送上審判庭。

就像在安妮．李斯特故事中提到的，女同情誼，在以前多半會被家族甚至丈夫所默許。可是這反映出來的，並不是整體社會對女同性戀者的更加認同。公民行動影音紀錄資料庫在〈女同志較不易被歧視嗎？〉一文中提到：

「有許多對男同志的歧視，都關乎『肛交』『愛滋』『濫交』等所謂的『性汙名』，男同志的性是遭到『汙名化』的，而女同志卻相對沒有。但這並不是因爲社會尊重女同志的性，而是因爲這個父權社會『根本不承認女同志的性』，社會對『性』的定義就是『陰莖插入』，也就是所謂的『男性支配』。」

簡單來說，女同志的愛情與性，在古代都只被當成「兒戲」，看似被社會默許，實則根本不放在眼裡——反正只要不會懷孕、不會髒汙了家族的血統，這種女生小遊戲當然可以玩，因為這並不被社會當做是愛情。

加上在父權主導的社會觀中，多半不會特別記載女性的相關歷史，因此隱藏於異性戀女性之後、更弱勢的女同性戀族群，顯得更少獲得人們注意。

在安妮．李斯特以前，歷史上必然還有許許多多深櫃與未出櫃的女同性戀者，只是因為她們多半不受重視，甚至被徹底忽視，才會通通被抹去了蹤影，消失於歷史之中，成為被遺忘的邊緣人族群。

因為家境富裕與日記保存得宜，安妮．李斯特得以成為「被記錄」的早期女同志；在歷史無數邊緣人之中，她也算是較為幸運的一個。相較之下，她的妻子安妮．沃克爾顯得更加邊緣，因為沒有相關文獻與畫像，至今只能活在安妮．李斯特的日記之中。

但，或許，安妮．沃克爾的這種處境，才更符合千千萬萬個被歷史吞沒、無名無姓的古代女同志處境吧。

02

揭開美女變瘋女的受害者面紗

「我，是誰呢？」

漆黑的空間裡，「她」面對的是濃濁沉重的黑暗。黑從四面八方將她包圍，像是浸泡在黏稠的黑色海洋裡，從頭到腳都被漆黑所覆蓋。

「我爲什麼在這裡？」

挪動手指，她碰觸到各種難以理解的東西：不明的堅硬碎裂物體刺痛了身體，讓她刺癢難耐；一團團軟糊糊的黏稠物質，乾涸成塊，緊緊黏附在指縫、頭髮與每一寸肌膚。在耳邊，有無數看不見的細小蚊蟲在不斷飛舞，發出嗡嗡嗡的鳴叫。

更重要的是：有什麼很重要的事情，被忘記了。她皺起眉頭，用僅存的意志，奮力思索起來：好像有某個重要的人，在心底深處呼喚著她，但卻無論如何也想不起來。

「布蘭琪。」

忽然，溫柔的聲音在黑暗中響起，低沉得宛如絲綢般的嗓音，讓她瞪大了雙眼。黑暗裡浮現一名男子的身影，纖瘦挺直，穿著得體的紳士服。但那人的臉孔，卻隱沒在黑暗之中，模糊不清。

「啊……嘎啊啊……啊啊啊啊啊……」

她顫抖著試圖發出聲音回應，但張開口，卻是不成聲的粗啞哀號，像野獸一般。她忘記那個人的名字了。明明是最不該忘記、最重要的人才對，但為什麼卻連那個人的名字都記不起來呢？

當滾燙的淚水布滿全臉，她，那個曾名為布蘭琪・摩尼爾（Blanche Monnier）的女子，在滿是廚餘與穢物的破爛床褥之間，瘋狂地嘶吼起來。

長達二十五年的家族祕密

二十五年，你覺得是一段多長的時間呢？這段時間，足以讓一對父母生下孩子、撫育成人，甚至目送孩子步入禮堂。如果人的一生能活一百歲，二十五年，便占去了整整四分之一的時間。

而你是否能想像：自己整整二十五年，都被幽禁在暗無天日的閣樓裡，衣不蔽體、浸泡在吃剩的廚餘與排泄物中，在日復一日的黑暗中度過每一天？

二十世紀初的巴黎，總檢察長收到一封奇怪的來信。沒有署名的信件中，寫下一段極度詭異的指控：

「總檢察長先生，我必須通知你一起極爲嚴重的案件：一名獨身女子被監禁在摩尼爾夫人的大宅中。長達二十五年的時間裡，她都處於飢餓狀態，且被各種可怕的穢物與垃圾環繞。說得白話一點，她生活在自己的排泄物裡。」

這嚴厲的指控，讓總檢察長緊張地皺起眉頭。要知道的是，七十五歲的路易絲．摩尼爾夫人（Louise Monnier），可是法國的社交名媛。摩尼爾家來自法國西部的城市普瓦捷（Poitiers），除了是極爲受尊敬的資產階級家庭，還具有歷史悠久的貴族血統。不只如此，家財萬貫的摩尼爾夫人，平常熱心助人、熱衷於慈善事業，深受當地社區鄰里的讚賞，更育有一名擔任律師的出色兒子。

這樣的家庭，怎麼可能會與如此殘酷的事情扯上關係呢？

苦惱不已的總檢察長猶豫再三，最後仍決定出發前往調查。當他率領警察來到氣派的摩尼爾大宅時，一度覺得自己受騙了。典雅的建築、舒適的環境，構築出上流社會慣有的優雅氣息。摩尼爾夫人與她優秀的律師兒子馬歇爾（Marcel Monnier），氣定神閒地邀請警察入室搜查，表情毫無異狀。

他們尋找了許久，都沒有發現什麼。最後，只剩下一個地方：位於房宇最上層的閣樓。當警察們開始往閣樓靠近時，一直神色自若的馬歇爾，表情終於開始有了異樣，這引起了總檢察長的注意。不顧馬歇爾的勸阻，他們直直走向閣樓；迎接他們的，是道不起眼的小門，上頭重重掛著一道早已生鏽的黑色大鎖。詭異的不安襲上衆人心頭，警察們於是大步向前，開始破壞那道大鎖。

迎接他們的，是一幕令人永難忘懷的駭人景象：在晦暗無光的狹小斗室裡，如鬼魅般乾癟的恐怖人形緩緩浮現。那幾乎不像個活人，更像一具被風乾的骷髏——全裸而布滿皺紋的恐怖肉體，搭上細長得極爲詭異的四肢，眼眶凹陷而漆黑，濃密糾結的長髮包纏著整副身軀。你幾乎無法用肉眼辨識那「人」的性別，唯一能做爲參考的，是那人不斷發出的尖銳哭嚎，讓警察依稀能辨識出那個人，是個女人。

更可怕的是那女人的周遭環境。當時的警察如此作證：

「躺在那裡的，是一個極爲不幸的女人。她躺在一張腐壞的草蓆上，圍繞在她身邊的是大量的糞便、腐壞的碎肉、蔬菜與魚，以及餿掉的麵包……甚至還有不知道擺放多久的牡蠣殼。飛舞的蚊蟲遍布在她的身軀與整個房間，空氣裡的味道極度噁心，劇烈且陳年的酸汙惡臭濃度之高，讓我們不得不奪門而出、暫時放棄搜查。」

但，爲什麼，深受敬重的摩尼爾夫人家裡，會監禁著一名如此淒慘的女子呢？面對警察的質問，明瞭大勢已去的摩尼爾夫人，緩緩地回答：

「那是我的女兒，布蘭琪。」

那時，她還是無比美麗的女孩

時間回到五十六年前，一個名為布蘭琪的女孩誕生了。

誕生於富貴的摩尼爾家，父親艾米爾（Emilie Monnier）是普瓦捷文學院院長。從小，布蘭琪就受到頂級的寵愛與學術教育。一場場高級眩目的舞會、一道道細膩精緻的餐點、一個個川流不息的名媛貴族，構成了她的日常。取之不盡的華貴衣裙任她選擇，穿上身時如花朵綻放，將她洋娃娃般秀氣的容貌，襯托得更加完美動人——是的，她無比美麗，即使是在眾多貴族千金之中，她也是難得一見的清麗甜美。

然而，這座貧困者無法企及的天堂，卻逐漸成了束縛布蘭琪的華美地獄。穿梭於上流交際場合，活潑俏麗的布蘭琪，經常不定時出現驚懼、焦慮與不安的症狀。這是藏在她笑顏之後的祕密，而起源，來自她那事事務求完美的母親——摩尼爾夫人。

生性嚴謹的摩尼爾夫人，堅守著貴族的驕傲風骨，自兒女年幼時，便嚴格訓練他們的談吐、儀態與學養。即使在丈夫艾米爾逝世後，成為寡婦的摩尼爾夫人也從不懈怠，持續形塑自己的孩子，要他們務必成為不丟人的「摩尼爾貴族」。

在這樣的壓力之下，兒子馬歇爾成爲一名出類拔萃的律師。另一方面，在摩尼爾夫人眼中，女人的使命便是嫁給好人家，而非外出拋頭露面。於是爲了保有女兒婚前的「賞味價值」，她小心翼翼限制女兒的交友圈，接連拒絕無數對布蘭琪有好感的年輕男子。在缺乏友情陪伴與自由生活的狀況下，守身如玉的布蘭琪，就這麼迎來了二十五歲生日。

在那個年代，二十五歲尚未出嫁，已是會被戲稱爲「老處女」的歲數了。焦慮、寂寞而渴望愛情，布蘭琪的目光在人群中不斷地尋覓，想知道誰是能帶她脫離母親束縛的人——她找到了，在茫茫人海裡頭，一名男子奪走了她的目光。

二十五歲那年，她終於墜入愛河。但這段愛情，不但沒有帶她飛離地獄，反而讓她落入了更加暗無天日的苦痛。

無人知曉他們如何開始這段戀情

布蘭琪愛上的人，是誰呢？

出乎意料之外，她愛上的，是一個算不上特別優秀的男人——維克多．卡爾梅伊爾（Victor Calmeil）。維克多並非什麼英俊的青年，只是名年長的男性，且出身寒微。雖然職業是律師，但他沒有富有的家庭，更沒有成功的名聲。

更糟糕的是，維克多是個共和黨人，支持工人與中產階級的權利，這與身爲貴族階級的摩尼爾家族，無疑是相互牴觸的。從現有的資料裡，我們很難找到更多關於維克多的資訊，不論是他的相貌、個性，以及如何與布蘭琪相遇。一切，都被埋沒於歷史中，了無痕跡。

在最深的夜裡，他們相愛

每天深夜，等到母親與哥哥馬歇爾入睡後，布蘭琪就會悄悄走下樓梯，與自己祕密的愛人幽會。

在十九世紀，被迫長期關在家裡的女性，唯一能排解寂寞的工具，就是羅曼史小說，布蘭琪當然也是個沉迷於浪漫故事裡的傻女孩。在這些虛構的故事裡，她看到無數男女衝破社會束縛，只爲了與愛人相遇，這讓布蘭琪深深嚮往：「不被社會祝福的禁忌愛情，不就是我跟維克多的故事嗎？」

無疑的，布蘭琪也相信，只要她持續堅持，愛情終將戰勝歧見，她將能與維克多走入婚姻，迎接幸福。

下流的女人啊，母親說

在一八〇〇年代，愛情並不等於婚姻，這在摩尼爾這類貴族家庭尤其常見。婚姻是家族之間的「經濟契約」，必須得到兩家人的協議，即使是約會也必須受到監督——簡單來說，你要跟誰相愛，往往並非出於自己的決定，而是兩個家族的交易。

即使布蘭琪十分小心，在白天時也避免與維克多有所交集，但鎮上仍有許多人目擊了兩人幽會。鎮民們不理解，爲什麼堂堂一位貴族千金，要這樣隱瞞自己的愛情？於是，八卦與謠言開始在鎮上流傳，甚至說她懷了男人的孩子。

想當然，摩尼爾夫人極度羞憤——這對家族來說可是奇恥大辱！她嚴厲地禁止女兒繼續與這下流男子見面。未料到，一直乖順的布蘭琪居然抵死不從，甚至瘋狂地對著母親叫罵抗爭。

摩尼爾夫人無法想像，自己精心教養的優雅金絲雀，此刻居然與外頭那些愚昧的農婦一般，披頭散髮地與自己對峙？面對女兒的「崩壞」，她打從心底感到深沉的噁心。

而白晝將不再到來

那天深夜，布蘭琪再次溜出去與維克多幽會。

沒有人知道，他們如何稱呼彼此。是彬彬有禮地互相稱呼正式姓名，還是甜蜜喊著可愛的暱稱？沒有人知道，他們如何在月圓的黑夜裡，細細吐露愛語。

沒有人知道，他們如何握緊彼此的手。

沒有人知道，他們是否有過親吻。

沒有人知道，他們每次道別時，是用什麼樣的眼神目送彼此離開。

那天分開後，布蘭琪雀躍地走在回家的路上。她相信，朝陽終會升起，她與愛人，終有一日能在白天相逢，坦然走在街上，像所有平凡夫妻一般，一起度過漫漫人生。

她不知道的是，她的白晝，將永遠不會再到來。

當她走回家中，兩雙手突然從黑暗裡竄出。那是伴她二十五年、母親與哥哥的手。他們無視布蘭琪的淒厲慘叫，聯手將她拖入閣樓裡，剝光她的衣服，再用大鎖將門重重鎖起。

「這是教訓。」

母親將門關上時，這麼冷冷地說著。

「只要妳乖乖拒絕這個男人，我們就放妳出來。」

語畢，母親一把關上房門，將布蘭琪鎖入永無止盡的黑暗。

消失的女兒，閣樓裡的鬼

日復一日的黑暗禁閉，足以啃食人的理智，讓人喪失時間感，逐漸邁向瘋狂。但布蘭琪不願屈服。自始至終，她不肯答應母親的威脅，拒絕放棄這段愛情。

對外，母親與哥哥馬歇爾口徑一致，聲稱布蘭琪「失蹤」了。由於貴為名流，即使人們覺得古怪，卻也不會多加過問。隨著馬歇爾成為地方行政長官，聲譽也變得更顯重要。所有僕役都被下了禁口令，閣樓成了禁區，在森嚴的大鎖背後，那裡頭被關著的女孩，成了僕役口中的「鬼怪」。

每天夜裡，當月亮升起時，人們總會聽到來自閣樓的淒厲哭吼與低鳴。久而久之，鄰人都隱約知道：那個失蹤的女兒，其實離人們並不遙遠。但，沒有人會去救她。

在那個年代，精神疾病仍然是被汙名化的疾病。人們引以為恥，因此將病患囚禁於閣樓或地窖的惡行，並非罕見。甚至，有位鄰居作證，她曾經非常清楚聽到布蘭琪大聲嘶吼：「上帝啊！他們什麼時候會讓我自由？我為什麼被囚禁在這裡？為什麼我要遭受這該死的酷刑？」

人們知道，但人們不說，轉而把一切都當成是個鬼故事，一個祕密般的怪談。

自由，她說

一年過去了，十年過去了，二十年過去了，然而布蘭琪的愛人，卻一直未曾出現。沒有人知道，她如何度過那漫長的歲月——到最後，她也已經無法理解何謂時間。

當二十五年過去，警察打開門時，看到的是一名已經五十多歲的中年女子，全身瘦到只剩下二十四公斤。最可怕的是，她失去了完整的語言能力，只能張嘴發出吶喊與斷斷續續的簡單句子。

被緊急送往醫院的布蘭琪，溫順而有禮，歡欣接受二十五年來的第一場沐浴。面對任何人，她都只是傻笑，喃喃說著「這一切眞是可愛」。後來警方在她被囚的房間裡，發現她在牆上潦草地寫著一個字——自由（libre）。

在媒體的報導下，全法國群情激憤的民衆包圍摩尼爾莊園，丟擲石頭，咆哮著要這些可怕的貴族付出代價。

年事已高的摩尼爾夫人嚇壞了。在被拘捕十五天後，便因爲心臟病發死在監獄裡。身爲律師的哥哥馬歇爾，爲自己出庭辯護。由於當時並沒有任何法律明定，不能監禁自己的親戚，再加上僕役們也都作證，馬歇爾其實在暗中指點他們，想盡辦法滿足布蘭琪的需求（除了自由）；更有人謠傳，當初寄給總檢察長的匿名信，便是良心不安的馬歇爾寫的。

「布蘭琪隨時可以自己走出來，卻爲了微不足道的愛情以棄了自由。這證明她已經瘋了，這也就是爲什麼我們不放她出來的原因。」

最終，馬歇爾無罪開釋，並繼承摩尼爾家的龐大家產。

門扉之外，半生之緣

經過精神鑑定診斷，布蘭琪被診斷出罹患各種疾病：神經性厭食症、思覺失調症、露陰癖和食糞癖。她被送往法國布洛瓦的一間精神病院。據當時的醫生與護理師所說，她個性溫和有禮，即使早已失去神智，卻似乎仍保有一點優雅千金的氣質。

但，爲什麼她的愛人維克多，一直都沒有出現呢？

其實，在布蘭琪消失十年後，維克多便過世了。直到死去那一天，他都不知道，消失的布蘭琪到底去了哪裡。由於資訊的缺乏，我們無從得知，在那十年裡，維克多是否曾積極地尋找布蘭琪；而他是否又知道，那個只能在黑夜裡相見的女孩，其實一直都在閣樓裡，等他出現？

我們只知道，一直到死前，維克多都保持單身。

最終，一九一三年，布蘭琪默默在居住了十年的療養院中過世，年約六十四歲。這樣漫長的生命，擁有的幸福卻好短，好短，好短，短得轉眼即逝。只存在剎那的月圓之夜，終究無法迎來朝陽。

張愛玲的小說《半生緣》裡，敘述了一個在保守年代，遭姊夫強暴並監禁於家中的女孩顧曼楨，因為家族的挑撥與誤會，最終錯過與摯愛沈世鈞相戀的機會。這是一般羅曼史小說不會寫到、保守年代裡真實的殘酷蒼涼。沉浸於愛情的小女孩，永遠想像不到，自己幻想的一生一世，最終竟只落得「半生」。

但如果可以，我還是想相信，當那道囚禁布蘭琪的門扉終於開啓，而陽光灑落進她漆黑的世界裡時，她看到自己想看到的事物、見到自己想見到的人。

希望，她最後活著的那幾年裡，至少，是活在光明之處。

【肉蟻的邊緣碎碎念】

黑暗禁閉的恐怖心理學

在監獄制度裡，有種極為可怕的懲罰方式：隔離監禁。

藉由將不聽話的犯人監禁在密閉環境中，斷絕光源與談話對象，以達成懲罰的目的。這種看似比虐打凌遲來得溫和的懲處，卻會造成犯人極大的心理壓力，帶來的影響甚至比毆打更深遠。

在《紐約時報》中文網〈隔離監禁：也許比死刑更殘酷〉一文中提到囚犯們的說詞：「長年累月地被監禁在密閉環境中，每天都要拚命努力才能維持自己的理智，不至於瘋掉……」面對這樣的隔離監禁，許多人的反應都是封閉自己的情感。

不僅是心理的隔絕，社會心理學家克雷格．黑尼（Craig Haney）更指出，長期監禁會對身心產生嚴重的影響，且並不會隨著獲釋而改善：

．隔離禁閉超過十年的犯人中，有六三％稱自己感到快要崩潰。

・受到隔離的囚犯中，有七三%報告自己有輕鬱症。

・遭到單獨監禁的囚犯，雖只占全美監獄囚犯總數的三至八%，但這些囚犯自殺的人數，卻占獄中總自殺人數高達五〇%。

在《洗腦：操控心智的邪惡科學》一書中提到，一九五一年，加拿大心理學家唐諾・赫伯（Donald W. Hebb）祕密展開了一項「X-38」感官隔絕實驗。實驗邀請一群大學生進入隔音密室，並戴上不透明眼罩，限制手腳移動，讓他們陷入黑暗的幽閉狀態：

・二十二位受試者中，只有十一人撐得過一天，而待得最久的受試者也只撐了一百三十九個小時。

・受試者會失去判斷距離的能力，且在幽禁數小時內便開始產生幻覺。

・許多人會失去辨識自己是否清醒的能力，並開始產生嚴重恐慌。

・邪教集團洗腦教徒、軍隊逼供戰俘時，也會使用監禁於黑暗的「感官剝奪技巧」，以達恫嚇與洗腦的目的。許多受害者在經過這樣的刑求後，都會殘留嚴重的精神創傷，終生難癒。

布蘭琪的遭遇之所以淒慘，在於她承受了常人難以想像的長期感官剝奪——這是連受訓的軍人、間諜或窮凶惡極的罪犯，都無法忍受的精神暴行。對於「毀滅心智」這個目的來說，這無疑是十分殘酷而有效的。

閣樓裡的瘋女人

在近代經典文學中，我們很容易看到「閣樓裡的瘋女人」這樣的角色：不論是《簡愛》的瘋夫人伯莎（Bertha Mason），或《黃色壁紙》裡罹患產後憂鬱的瘋狂女主角。這多少反映了時代之下的真實悲劇。約從十六世紀開始，歐洲國家為了整肅社會，開始興建大型「病院」。如一六五六年，法國國王提出在巴黎建立「總醫院」，將不符合主流的邊緣人，如乞丐、小偷、同性戀、蕩婦、狂人、政治犯全數關進去，成為所謂的「大禁閉時期」。

在那時，所有不合主流的言行，都被社會視為一種精神疾病，而精神病院，便成為關押這些不聽話者的場域。簡而言之，在心理學和醫學發展尚未完善的時期，「精神病患」常常並非真的有病，而是因為他們太邊緣、不聽話，所以被當成有病。

其中，對女性的壓迫尤為深刻：在相對保守的年代裡，一名女性若擁有情欲自主與反叛精神，就會被稱為「瘋子」。晚布蘭琪二十年出生的知名美國女記者娜麗・布萊（Nellie Bly）便曾假扮成患者潛入精神病院，並發現當時有許多女性病患其實十分正常，卻因各種汙名偏見，而被丟入病院，受盡凌遲。

布蘭琪的真實慘劇，同時也深深影響了哲學家米歇爾．傅柯（Michel Foucault），他在名作《古典時期瘋狂史》中特別提及女性受到社會制約的處境，並指出「瘋癲並非自然現象，而是文明產物」。文化定義出何者為「正常」，何者為「不正常」，許多女性被當成瘋子，正源自於她們不聽話、不守婦道，因而被社會視為不正常，進而幽禁。

布蘭琪的瘋狂，初期並不是真正的瘋，而是在於她的離經叛道；但，隨著可怕的囚禁凌遲，她最後確實因受盡折磨，徹底瘋了。這些極度邊緣，到最後無力為自己辯白、失去神智的邊緣人們，不分東西方都存在著；就像臺灣，也有「瘋女十八年」的慘劇。

但，除了布蘭琪之外，又有多少「閣樓裡的女人」，是因為社會的歧視偏見，從假瘋被逼成真瘋呢？又有多少人，被悄悄地幽禁神隱，就此消失於世界呢？只要偏見不死，「布蘭琪們」就注定無法推開那道冰冷的門扉，讓現世的陽光，驅散恐怖的漫漫黑夜。

03

神力女超人，與他們的悖德之愛

你認爲，愛情有不可跨越的界線嗎？

或者，問得極端一些：你認爲愛情，是有極限的嗎？

多數人或許都覺得，愛情必須專一，認爲一次只愛一個人，才是眞正的愛。我們因此認爲，一旦愛情裡多出了兩人以外的人，勢必會變成一場誰負了誰的惡鬥——必然是某個渣男／渣女劈了腿，招來了邪惡的小三／小王，進而摧毀了專屬兩人的「完美愛情」。

套句世間常說的一句話：「愛情裡，要是多了第三個人，便太擠了。」

但，眞的是這樣嗎？

今天，我想說一個故事——它會背離你對純潔愛情的一切認知，至今仍可能被社會斥爲「悖德」「汙穢」「傷風敗俗」……但，出乎社會預期的，它的結局，也可以是幸福的。

說來不可思議，正是這段愛情，才得以孕育出如今風靡全球的經典人物「神力女超人」（Wonder Woman）。

如果，你害怕自己對愛情的美好三觀被打壞，那麼誠心建議你，跳過這一篇；但，如果你想看看，愛情能走得多遠，又能展現多少不同樣貌的話，歡迎一起閱讀，這段發生在一個男人，與兩個女人之間，隱藏了近百年的悖德之愛。

平凡近郊，奇怪的七口之家

現在，倒轉時光，前往一九三〇年代的美國紐約近郊社區。眼前浮現的，是一戶戶獨幢房宇。修剪得整齊的碧綠草坪，區隔成一個又一個端正的方塊，彷彿向世界宣告：在這寧靜的社區裡，所有住戶都是端正、純潔、符合社會價値的標準家庭，由奮力工作的父親、善於烹飪的母親，與可愛陽光的孩子，構成世人想像的完美模樣。

但，定睛一看，某戶人家似乎有些不同——

「我出門了。」

在陽光照耀下，屋子的大門隨之推開，但走出門外、手拿公事包的，並不是「奮發上班的丈夫」，而是一名幹練英挺的女子。她的名字是伊莉莎白（Elizabeth Holloway Marston），在那個年代，她以優異的學識獲得心理學與法學博士學位，曾擔任大學講師與《大英百科全書》編輯。此刻，在大都會人壽保險公司就職的她，正準備上班，扛起一家七口的生計。

「親愛的，路上小心。」

違反社會想像的畫面出現了——站在門邊、握住伊莉莎白的手，依依不捨與她道別的，是位名叫奧麗芙（Olive Dotsie Byrne）的女子。單看她穿著圍裙、一頭蓬鬆鬈髮，與柔和亮眼的外表，貌似符合社會對「良家婦女」的幻想，但她手上那對因陽光反射而閃耀著光芒的手環，卻又似乎宣告著她不為人知的獨特氣質。

「親愛的，晚點打給我，下班我過去接妳。」

讓畫面更顯怪異的，是緊接著走出門的第三人：一名略微發福的中年男性，嘴裡正咬著早餐的麵包，睡眼惺忪地走到門口，手搭著奧麗芙的腰，與伊莉莎白道別。他名叫威廉（William Moulton Marston），在鄰居眼裡，他是個待業中的前大學心理講師，更是伊莉莎白的丈夫，與她育有四個孩子了。

問題來了：他們，到底是什麼關係？

如果以「正常」家庭一夫一妻的標準結構來觀看，必然會感受到不和諧，對吧？

乍看之下，這似乎是一夫多妻的三角關係，卻又不符合一般鄉土劇的狗血戲碼：男人宰制女性、女性互相爭鬥的後宮關係。相反的，無論是伊莉莎白、奧麗芙或威廉，他們三人的感情似乎是互相且平等的。

如果說，愛情眞的有所謂謎底的話，答案其實出乎預料的簡單：事實上，這是一個由異性戀男子，與兩名雙性戀女子共組的家庭。家中的四個孩子，分別由伊莉莎白和奧麗芙，與威廉所生下；而同時，伊莉莎白與奧麗芙也是彼此的愛侶。聽得暈頭轉向嗎？的確，這樣前衛的家庭構成，即使在近百年後的今天，仍是讓人瞠目結舌。不僅僅突破了家庭的框架，在愛情的想像上，他們也突破了社會的既有價值：這三個人彼此相愛，他們各自在心中也都同時愛著另外兩個人。

但——這眞的有這麼離經叛道、不可原諒嗎？

畢竟，關起房門，那房子看起來與其他「正常」家庭其實別無二致。

而到底，這段愛情，又是從何時萌芽的呢？

隱藏的女孩，奧麗芙

二十世紀初，甜美溫柔的奧麗芙，誕生於美國紐約。

然而，這並不是一個充滿祝福的誕生——她的母親埃塞爾（Ethel Higgins Byrne）相當後悔結婚的決定，在生下奧麗芙後便訴請離婚，轉而與姊姊瑪格麗特（Margaret Sanger）倡導女性節育，成爲當時極知名的女權主義者。埃塞爾相信，藉由推廣避孕藥與墮胎，能還給女性不被生育綁架的身體自主權，因此瘋狂投入一系列示威抗議活動。

但，母親埃塞爾越是沉浸於社會運動，越是凸顯出她對女兒的冷落。從小，被託付給祖父母照顧的奧麗芙，只能在電視與報章雜誌中，看著母親爲女性鬥爭的身影，卻從未眞正見過母親一面。

十歲那年，奧麗芙的祖父母過世了，沉浸於女權運動的母親並沒有接她回去。奧麗芙於是進入孤兒院，直到十六歲那一年，母親才終於與她見面，並接她一起同住。

這是多諷刺的事：爲女性謀福利的母親，卻必須藉由犧牲女兒的童年，來換得參與相關運動的時間與空間。

在現存的資料裡，我們很難了解，奧麗芙對母親的眞正想法是什麼；事實上，關於奧麗芙的一切，一直都是撲朔迷離的。在衆人的印象裡，她一直是個溫柔、乖順、甘願隱藏於角落的女孩，全然沒有母親的堅毅、勇猛與不顧一切。

至少，外表上看似如此。

在母親的薰陶下，柔順的奧麗芙開始接觸當時最新穎、前衛的女性主義學說。這或許並沒有爲她的外表帶來什麼變化，她依然躲在母親的光環之後，做一個隱藏的女孩。但，在她的心裡，有什麼東西，其實已經與其他人不再相同。

一九二五年，二十一歲的奧麗芙，在母親的引薦之下，來到美國著名的塔夫茨大學（Tufts University）就讀。

而就在這裡，她遇到了這一生的摯愛。

強悍的女孩，伊莉莎白

與奧麗芙不同，伊莉莎白，一直都是個強勢、自信且智慧的女子。誕生於十九世紀末，個性堅毅的伊莉莎白，專精於法律與心理學，在那個女性就學比例低落的年代，她成爲少數能獲得多個博士學位的菁英女性。一九一八年，她更成爲從波士頓法學院畢業三位女性的其中一位。

身爲一個聰明的女人，她自然也欣賞與自己擁有同樣學識的伴侶。但是，在那個男性居主導地位的年代，許多男性對高知識女性並不尊重。人們相信，女性就該待在家裡做個符合社會期待的賢妻良母，而不是「踩在男人頭上」。

哈佛畢業的高材生威廉卻不這麼認爲。溫和有禮、同樣專精於法律與心理學的威廉，深深喜愛獨立、強悍，但又充滿溫柔力量的女性。在他的世界觀中，女性的「愛」之力量，遠比男性建構的「英雄氣質」更加強大：

「女性的情感發展與愛人能力高於男性兩倍……很明顯，女性將成爲未來商界、國家、世界的領袖。」

也因此，威廉毫不吝嗇地出讓自己的主導權，讓伊莉莎白盡情展現自我。這種尊重與愛慕，讓強悍的伊莉莎白甘願獻出自己的愛情，與威廉走入婚姻。

從外人的觀點來看，威廉與伊莉莎白的相處中，多數時間是由強悍自主的伊莉莎白主導，威廉則尊重與順服。不論是在愛情與事業上，他們兩人都不屑傳統男尊女卑的模式。不只如此，希望以學術思辨改變社會對女性看法的兩人，毅然決定投入心理學研究，以找出轉變世界的方法。

但，這兩人沒有想到的是，一場眞正顛覆世界想像的愛情，才正要降臨。

專屬三人的禁斷烏托邦

一九二五年，三十二歲的威廉成爲塔夫茨大學心理系教授，與妻子伊莉莎白共同研究人類的情感與心理。而二十一歲的奧麗芙，在聽過威廉所開的課程後，深深被他前衛的思想所吸引，主動成爲課堂實驗的助理。

在一場又一場實驗中，三個人從合作夥伴，漸漸變成心靈契合的朋友。三十二歲的伊莉莎白與威廉，驚訝於奧麗芙柔順年輕的外表下，同樣有著不畏世俗、勇於翻轉世界觀點的靈魂。

在三人合力之下，威廉發表了影響世界的學說「DISC理論」。他將人類的行爲模式畫分爲：支配型（dominance）、影響型（influence）、穩健型（steadiness）及服從型

（compliance）。藉由這層分析，就能辨識出你的人格特質與行爲模式。這項理論日後被商業界採納，用以評估員工適合什麼職位，成爲當代人資管理學相當重要的理論基礎。

由於當時學界普遍不尊重女性，因此威廉是以個人的名義發表DISC理論。但，之所以能孕育這項理論，其實是源自三人的祕密——那就是他們在研究過程中，所發展出的悖德之愛。

沒人知道是何時開始的，我們只知道，在一九二五年十一月，奧麗芙決定與伊莉莎白和威廉「互許終生」。礙於法律規定，她無法擁有合法的婚戒，但從那一天起，她便戴上了象徵三人結合在一起的手環。

在他們三人建立的愛情烏托邦世界裡，男人並非永遠的支配者。他們不依照彼此的性別，而是依人格特質去相愛：強悍的伊莉莎白，成爲三人中的「支配者」；柔順溫和的奧麗芙，所擔當的角色是「服從者」；而熱愛女性的威廉，則成爲兩人之間的「調和者」，虔誠膜拜著兩位女性的強勢與溫柔。

這樣的互動關係，聽來似乎有些耳熟嗎？

沒錯，他們從三人關係延伸出的DISC理論，其實正是源自被社會定義爲「異端」的禁斷次文化：BDSM，**皮繩愉虐文化**。

所謂的BDSM，其實是三個英文簡稱的集合：BD是綑縛（bondage）與調教（discipline）；DS是支配（dominance）與臣服（submission）；SM是施虐（sadism）與受

虐（masochism）。聽到這裡，你的三觀還挺得住嗎？沒錯，這三人不只打破了一夫一妻的家庭框架，更以BDSM建立起牢不可破的愛情世界。

流動的情欲世界，藏著和平的念想

或許，當我們聽到BDSM時，腦海浮現的多是暴力與疼痛。但事實上，在BDSM看似互相宰制的愛欲互動中，雖有人手拿皮鞭「支配」，有人必須緊縛雙手「服從」，但這樣的關係並未帶有社會賦予的權力壓榨，而是出自對彼此的愛與尊重：支配者，必須尊重服從者的意願，才能行使愛的調教；另一方面，服從者其實也享受著支配者所賦予的懲罰，並視之爲獎賞。

在BDSM的愛之烏托邦中，沒有性別的枷鎖、更沒有階級的束縛，男性可以盡情享受女王的調教，而女性可以展現自己的支配欲——權力與欲望，在這個世界，是自由而流動的。

說得白話一點，這三人藉由探索愛情的極限，與由此衍生而出的理論，向世界推廣一種突破性別想像的新世界觀——

「和平的唯一寄望，是教育那些習慣自由、不受拘束的人們，讓他們享受被束縛……

只有人跟人之間享受被人拘束更勝過自由不受拘束，人類社會有才可能穩定和平。」

這段話，聽來似乎極度荒謬，但在女性崇拜者威廉的眼中，過度強調男性主導、頌揚「支配」的陽剛文化，才是引發世界弱肉強食的主因。他認為，社會必須學習女性既強悍又溫柔的力量，如同BDSM文化一般，不分男女都懂得如何支配與順從，才能讓世界走向和平。

但，理想終歸只是理想。在他們三人心中，雖然已建立起超越時代的愛之樂園，但在社會的眼裡，他們就是三個「背離社會價值」「沉溺情欲活動」的可怕存在——或許，此刻閱讀這篇文章的你，也是這麼想的。

隨著三人的關係越來越明顯，人們開始投以異色的歧視眼光。在社會的冷眼壓力之下，威廉、伊莉莎白與奧麗芙遭保守的學術界永遠驅逐，黯然離開塔夫茨大學。

失去了賴以維生的工作，堅毅的支配者伊莉莎白，成為一肩扛起家計的那個人，終日奔波於職場；而習於隱藏人後的服從者奧麗芙，則擔負照顧四個孩子的重任，在家裡成為溫柔的妻子與母親。

那，居於中間的威廉呢？

望著眼前扛起整個家的兩名偉大女性，一個極度怪異而浪漫的想法，在他的腦海浮現：如果，無法在學術界宣揚他崇拜女性的烏托邦理想世界，那，能不能轉而利用大眾能接受的娛樂媒體，打造一位讓世人崇拜的「偉大女英雄」呢？

沒有人想得到，他的這個幻想，竟在未來得以成眞——一名偉大的女英雄即將誕生，並將影響後續近一百年的所有世代。

當邊緣心理學走入漫畫殿堂

一九三八年，二戰的炮火即將燃起。那是一個渴望英雄的年代，於是，稱爲「漫畫」的大衆娛樂，在美國報章雜誌間誕生，一個個身材壯碩的「超人」，舉起正義的鐵拳懲罰邪惡敵人，以安撫美國社會對戰爭的煩躁不安。

但，隨著戰爭情勢惡化，漫畫中的暴力也漸趨嚴重。許多人不禁疑問：這就是正義的模樣嗎？英雄除了揮動拳頭，難道沒有別的方法改變世界嗎？

就在這時，一位漫畫圈的異類出現了。沒錯，正是被學術界驅逐的邊緣心理學家：威廉。

讓威廉走入漫畫世界的，是奧麗芙。在照顧孩子之餘，奧麗芙同時也在美國家庭主婦愛看的雜誌《家庭圈》中擔任寫手，並在第一篇文章裡，介紹威廉優異的心理學背景，以及他對漫畫文化的支持。在威廉的觀點裡，只要能妥善設計漫畫角色，便能帶給社會正向的心理力量。

奧莉芙的這篇文章吸引了漫畫編輯馬克斯（Max Gaines）的注意，他歡迎威廉參與剛成立的DC漫畫編審委員會，以心理學專業打造新一代「超級英雄」。

對陽剛世界做出愛的反擊

這是個千載難逢的機會——無法以學說改變世界的威廉，居然得以走入新時代的漫畫殿堂，扭轉陽剛崇拜的世界觀。威廉決定，他要打造出不同以往的角色：

「就我從心理學的角度來看，漫畫最可惡的一點，就是令人血液凝結的男子氣概。不管男性英雄多強壯，他始終缺乏母愛和溫柔。」

缺乏愛的英雄，會讓觀看漫畫的孩子無法體認到，眞正的正義，並非出自以強勢壓榨懲罰他人，而是對他人的溫柔與尊重。但在當時頌揚男子氣概的社會氛圍裡，若塑造出一名溫柔貼心的男性英雄，必然會被讀者視爲「娘娘腔」，進而引發更多的歧視與爭議。

「那，這個英雄，必須是位女性才行。」

據說，正是伊莉莎白對威廉提出設計女英雄的構思。崇拜女性的威廉，終於有機會向世界宣揚理念。

力量與溫柔共生，神力隨之誕生

但是當威廉這麼告訴編輯馬克斯時，馬克斯認爲威廉瘋了：

「誰想看女英雄啊！以前的漫畫只要出現女人，都不受歡迎！」

「你錯了，那是因爲以前的漫畫，都只會把女人設定成弱小無助、等待英雄拯救的傻瓜！這種角色，不只男人，連女人看了都無感！」威廉這麼回答。

陰性的溫柔氣質，在刻板的陽剛社會裡，經常被矮化成「沒用」，進而使許多女性隱藏在陰柔背後的剛強力量遭到社會遺忘。威廉決定，他要翻轉社會對女性的刻板印象，打造一個兼具伊莉莎白的堅毅果敢，與奧麗芙的溫柔魅力，超越時代想像的超級女英雄。

於是，手持象徵「力量與支配」的皮鞭、配戴象徵「愛與服從」手環的偉大女英雄——神力女超人，就這麼誕生了。

「一個比男人還強大的女人！男人看了一定會不舒服！」

編輯馬克斯面有難色，但威廉毫不退讓：

「現代男性其實是樂於臣服在女性石榴裙下的，給男性一名比自己更強壯的性感女子，讓他們乖乖臣服，他們就會心甘情願並驕傲地成爲她的奴隸！」

一九四一年十二月，神力女超人第一次現身於漫畫雜誌：她擁有愛芙蘿黛蒂般的美貌、雅典娜般的智慧，以及可與赫丘力士相匹的強大力量。她居住於只有女人的天堂島上，可以愛女人，但同時也能愛上男人。一天，一個名爲史蒂夫的美國男飛行員，迫降在這座島嶼上，並深深爲這位完美的神奇女性著迷。

不難看出，所有描述，都源自威廉、伊莉莎白與奧麗芙，三人祕密打造出來的愛之烏托邦。做爲一個心理學家，威廉就如同降臨於這座天堂之島的飛行員，以男性的角度，甘願化爲女人的奴隸，愛慕著她們無視世界框架、勇敢相愛的力量與美。

那是他們三人的聖域。即使整個世界都視他們的愛爲墮落邪惡，但他們仍看到了世界難以想像的完美。當三個人互相凝視時，他們的愛便帶有神力，能隔絕一切冷眼，純潔地爲彼此而生。

而跌破眾人眼鏡的是，這個本只存在於三人眼中的愛之烏托邦，竟眞的「征服」了這個世界：

神力女超人的漫畫火速引爆話題，人氣大勝當時的其他七位男性英雄，在觀眾票選中所獲得的票數，竟然遠超過第二名四十倍以上。這個被陽剛教條世界長期禁錮的世界，正大聲疾呼：對，人們需要一位強大的女英雄。

一個月後，神力女超人成爲繼超人與蝙蝠俠之後，第三位有獨立系列漫畫的超級英雄。而她的傳奇，至今仍不曾謝幕。

那是我們的天堂島

社會是由人類的規則所架構起來的。我們安心地生活於其間，並慢慢相信：這些規則，是打從一開始便存在的。

例如，我們相信男性就該剛強，而女性就該柔弱。

例如，我們相信異性戀以外的愛情，都是古怪的。

例如，我們相信愛只能有一種模樣。

無法符合社會規則的人們，將從正常世界遭到放逐，成爲邊緣的異端者，受盡歧視、霸凌、冷眼。即使他們不曾傷害任何人，卻仍必須遮遮掩掩，將自己的與衆不同漆上粉飾太平的妝容。

但，有時候，在那最被社會唾棄的邊緣之地，我們會看到足以翻轉世界的力量。它會映照出這個世界僵化的思想，大聲地詢問：「眞的是這樣嗎？」

我們眞的相信，這世界只能有男性英雄嗎？

我們眞的相信，除了異性戀，其他愛情都不可能存在嗎？

我們眞的相信，愛只能有一種模樣嗎？

事實證明，不。

來自天堂島、名爲神力女超人的存在，成爲反叛世界規則的象徵，被世界接納與擁抱。

一九六〇年代起，美國女權主義者以她爲象徵，向世界要求平權、解放、墮胎權。一九七二年，國會修憲，讓她們獲得更平等的權利。

到了二〇一六年，聯合國授證給神力女超人，聘任她爲「實現性別平等，增強所有婦女和女童權能」的榮譽大使。

在她堅毅的身後，隱藏著一段不被世界允許的愛情。

一九四七年，也就是創作出神力女超人六年後，威廉因癌症逝世。

即使如此，堅強的伊莉莎白與溫柔的奧麗芙，依然相守在她們的「天堂島」。她們合力撫養四個孩子，相愛相守了四十三年。

奧麗芙逝世於一九九〇年，享年八十六歲。三年後，伊莉莎白也過世了，享嵩壽一百歲。就如同威廉對神力女超人長壽的設定一樣，眞實世界裡的兩位神力女超人，同樣度過了悠長而美麗的一生。

他們的愛，終其一生，不曾傷害任何人，甚至比傳統定義的許多「正常異性戀一夫一妻」還堅貞不二，至死不渝。

雖然，在現今社會裡，那背離規範的烏托邦天堂島，依然是禁忌的。我們害怕那樣的關係，也拒絕想像那樣的愛情。

但，不可否認的，那座祕密的三人之島，最終，深深影響了這個世代。

「肉蟻的邊緣碎碎念」

與神力女超人有關的性別議題其實非常多，且往往會觸碰到較敏感、挑戰三觀極限的討論。如果，你也想看看世界規範之外，屬於「天堂島」的風景，在這邊，我先簡單列出三項最有爭議的議題。它們並沒有真正完美的解答，歡迎讀者們一同討論思索。

BDSM，與女權的支持反對

許多人對神力女超人會感到衝突的地方，或許在於：以BDSM文化為原型設定的她，如何能展現女權的精神？

神力女超人最經典的兩大武器，便是手上的「黛安娜手環」與「真言套索」。這兩樣物品的確帶有BDSM的象徵，分別影射被綑綁與綑綁者。而在漫畫的設定裡，也的確充滿許多將敵人繩縛的畫面。

就威廉的理論，他認為在傳統男性主導的漫畫裡，多是洛難少女被敵人綑綁的畫面。但在神力女超人的故事中，卻是由女性做為綑綁他人的支配者，以真言套索逼迫敵人說出實話。這種男女宰制權力互換的呈現方式，間接地扭轉了女性只能被拯救的刻板印象，在當時的確是非常新穎的突破。

然而，在女權主義的領域中，其實有著兩派分歧的見解：

· 在性解放女性主義（Sexually liberal feminism）眼中，認為擁抱非主流的ＢＤＳＭ文化，是對傳統社會的正式反抗，並破除了性與愛只有制式化、一種可能性的框架。

· 但在激進女權主義者（Radical feminism）眼中，ＢＤＳＭ的支配與臣服，其實依然帶著地位的不平等，並沒有破除上對下的框架。

就我個人的立場，只要這段關係符合雙方皆同意的前提，我便給予尊重，且外人並無權對這樣的選擇加以抨擊批評。但，ＢＤＳＭ是否真的能展現女權的精神？是逃出框架，還是加深框架？這個問題或許可以留給大家一起討論與思索。

女性解放，還是男性凝視？

關於神力女超人另外一個值得討論之處，便是她裸露的裝扮。

・激進女權主義者認為，神力女超人的清涼裝扮，其實是源自威廉男性視角的喜好，藉此滿足男性對女性的幻想，因此不能說是完美的女權主義代言人。

・在性解放女性主義眼中，一位女性藉由穿著性感的衣物，從傳統女性必須溫良賢淑的形象中解放，其實是積極展現女性也可以擁有欲望自主的象徵。

不可否認的，比起「漫威最強女英雄」、打扮中性的驚奇隊長，神力女超人的男性粉絲似乎更多。兼顧強悍的力量與視覺的美感，神力女超人的形象，在某種程度上，滿足了男性對女性的渴望。但，難道這就代表她「不女權」嗎？

我認為神力女超人的確是男性幻想下的產物。但，這並不代表她就無法擁有自主的可能──畢竟，一名獨立自主的女性，也有可能無視男性目光，只為了自己開心，而選擇打扮得性感美麗，不是嗎？

如果一名女性，必須完全剔除男性的凝視，才有資格獲得「女權代言人」的資格，這是否又是變相地歧視穿著裸露的女性呢？

愛的多元可能：在單偶之外

最後，我想談談的是「愛的多元」。

在現今多數社會裡，實行的多是單偶制，也就是法律規定，不論是異性或同性婚姻，一次只能選擇一個伴侶結婚。

在這樣的社會規範之下，我們自然而然地會認為，「一次只能愛一個人」「對愛人忠貞」是一種愛的準則。但，事實上，這個觀念，是在相當近期才被「發明」出來的。

據倫敦大學人類學家歐皮（Kit Opie）研究，現代一夫一妻制的文化，大約只有一千年歷史。

在黑猩猩等靈長類的生活中，多是以團體、多伴侶的方式建立關係。而在許多古代或部落文化中，也可看到一夫多妻、一妻多夫，甚至是群婚等非單偶制的婚配狀態。在這些文化中，「忠於一名伴侶」的觀念，其實並不存在。直到大型農業社會出現，為了保持財產不被分散，社會才逐漸演變成一夫一妻制，藉由「保護血統」「建立小家庭」，以避免家產外流。

因此，當我們討論愛的時候，或許可以試著思考：是否只有一種可能？當然，這並非鼓勵你打破禁忌、外遇或偷情，但我們必須明白：愛確實是沒有正確解答的存在，它的規範會隨著時代觀念而流變——試想，不過幾十年前，同性戀仍被當成精神疾病看待。

就我的觀點，倘若這段愛情，是真誠地出於自願，而非權力脅迫，且不會對他人造成傷害，那便不該承受社會過於沉重的抨擊與指責。

當然，我們依然可以擁抱最簡單、最合乎主流的單偶價值。但在看到不同於主流的選擇時，或許可以先試著放下指責與偏見，試著理解他們的處境、了解他們的愛情。
畢竟，你眼中的墮落變荒，在當事人眼中，可能是幸福的天堂所在。

04

當世界說，
你的愛不是愛

對多數的維也納人來說，那不過是尋常的某一天：奶油色的天光，靜靜灑落在這座優雅的城市，空氣瀰漫著剛出爐麵包淡淡的甜軟香氣。上班族正提起公事包，踏過石磚路趕去上班；剛起床的孩子，在餐桌前睡眼惺忪的吃著媽媽做的早餐；被譽為世界最美咖啡廳的「中央咖啡館」裡，一對情侶正對坐喝著咖啡，對彼此露出微笑。

那是一九七二年，二戰的陰影，已經逐漸從這座城市裡淡去。但，法院裡，戰爭的傷痕正被重新挖掘：名為「維也納奧斯威辛審判」的世紀大審，正如火如荼地於四月展開。法庭裡，眾多法檢人員手持公文，表情肅穆地坐在位置上。就在這時，幾名中年男子，緩慢地走進法庭，讓肅靜的法院掀起一陣喧譁。

「凶手！殺人犯！」

「你們這些劊子手！惡魔！」

叫囂吶喊的，是一群遠從世界各地聚集而來的證人。他們都是猶太人，都曾在二戰時期遭納粹逮捕、強行關入惡名昭彰的奧斯威辛集中營，承受難以想像的酷刑。此刻，他們將憤怒的眼神，投向這些步履緩慢、長相普通的中年男子——他們，都曾是當年看管集中營的納粹士兵。

歷史的仇恨一觸即發。緊繃的氣氛，讓法官收斂起表情，清清喉嚨，要求大家靜默，準備正式開庭。

其中，一名五十歲的前納粹軍官，正面無表情坐在被告席中。他的名字是法蘭茲·烏許（Franz Wunsch）。面對猶太證人的怒意，他低下頭，讓思緒恍惚飄回到那個年代——

狂熱的歲月，飄散著血的鐵鏽氣味。當時的法蘭茲還很年輕，俊俏挺拔，不過二十出頭，身穿筆挺的軍裝。他曾經相信，元首就是世界的一切。為了讓國家富強，他不但願意犧牲自己，更可以殘忍殺死所有擋在眼前的人：弱小的老弱婦孺、邪惡的非雅利安人，在他眼裡，有如螻蟻。

槍擊、毒氣、火燒，他不害怕執行任何一項，也不在乎手上沾染多少猶太人的血，因為凡是阻礙祖國大業的，都是邪惡。

——直到那首歌，在他耳邊響起。

記憶裡，那是個顫抖著的年輕女孩，有著烏黑的頭髮與一雙明亮的眼睛。那雙眼正流著眼淚。她直直注視著法蘭茲，唱起那首歌：〈那不是愛〉（Liebe war es nie）。

那不是愛，那不該是愛。

法蘭茲顫抖著，深吸一口氣，從記憶中緩過神，他慢慢抬起頭。

他看到了。

他看到那個女孩。

與他一樣，不再年輕的女孩。

她正坐在猶太證人席中，臉上布滿歲月的痕跡，頭髮也已半白。寧靜的面容上，一對美麗的眼眸，依然如法蘭茲記憶中一般，透著明亮的光。

當他們彼此凝望的那一瞬，法庭裡的所有聲音，瞬間都安靜下來。只剩下那首歌，依然在耳邊迴盪，低喃著：「那不是愛。」

弱小者，都被消除

時間回到一九四二年，初春的某日。

絕望的火車響起死亡的鳴笛。名為海倫娜．西特羅諾娃（Helena Citronova）的二十歲猶太女孩，正與其他一千名來自斯洛伐克地區的猶太婦女兒童，擠在悶熱的火車上，搖搖晃晃送往遠方的集中營——據說，那裡叫做奧斯威辛。

暗無天日的火車上，無處可坐。人們飢渴而疲累，背靠背緊貼著彼此站立，宛如被載運的牲畜。不時有孩子啜泣哭喊的聲音，在耳邊響起。

打了個長長的呵欠，海倫娜的淚早已流乾。她很累，身體痠痛不堪，長時間站立讓她無法睡眠，只能斷斷續續闔眼打盹。呼吸著身旁人體悶熱的汗臭味，她只希望火車盡快到站。畢竟，集中營再怎麼可怕，至少還能讓自己下車吃飯、歇歇早已站到顫抖的雙腿吧？

事實證明，她對於地獄的想像，終究太過天真。

一下車，面無表情的納粹士兵，便踏著整齊步伐出現在眼前，無視老弱婦孺們疲累的呼喊，粗魯地將眼前的猶太人「分類」。海倫娜被拉扯著排在其中一個隊伍，那裡多半是看起來較有活力的青壯年女性；另一邊的隊伍，則都是幼小的孩子，與走路蹣跚的老人。

媽媽們哭喊著哀求士兵們別帶走孩子，換來的卻是一陣毒打。無視孩子們哭泣掙扎的呼喊，納粹士兵一個一個，將他們強行帶離。

海倫娜的內心升起一股不安：那些孩子與老人，都要去哪裡？

抬起頭，她看見遠處，升起了帶有惡臭的黑煙。那成爲惡夢的開端，在日後的每一天，反覆出現於海倫娜的夢境裡，痛苦地折磨她脆弱的心智。

雖然從沒人說出口，但漸漸的，人們心裡都有了答案：

那些太過弱小、無法提供生產力的孩童與老人，最終被送往的，是活生生毒死他們的毒氣室，與充滿烈焰的焚化爐。

那個在地獄唱歌的女孩

隨著戰爭情勢越趨膠著，德國對集中營的勞動需求也變得越來越嚴苛。身爲年輕力壯的女性，海倫娜一開始被分配到體力負荷較重的拆遷部隊，必須搬遷重物與協助製造戰時物資。

雖然承擔大量的勞動，但集中營的糧食卻十分苛刻：每人一天平均只能分配到一片薄薄的麵包，或幾乎沒有料的菜湯。缺乏營養，讓曾經豐盈的少女們，一個個變得細瘦膽怯，凹陷的臉上沒有表情，只有一對對空洞的大眼，毫無生氣地圓瞪著。

但，海倫娜的那雙眼睛，始終閃著明媚的光芒。那或許來自於她的性格：畢竟，在被抓到集中營之前，她曾經想當個表演者，一名演員。

她經常唱歌。即使是在這破敗的地獄裡，空氣終日充滿了燃燒屍體的絕望腐臭，她依然唱著動人而繾綣的浪漫情歌。勻稱的身材、圓俏的臉蛋，與蓬鬆的黑鬈髮，搭配她甜美的歌聲，爲每一個失去希望的猶太囚徒，帶來一點點微薄的快樂。

「海倫娜，我們繼續加油，搞不好有一天，我們就會被分到『加拿大』。」

每天，在經過無數勞動後，幾個要好的猶太女孩便會窩在一起，用充滿傷痕的瘦弱手掌安撫彼此，互相打氣，希望調至傳說中的「加拿大」倉庫——

別被這看似輕鬆的名字欺騙了，這些倉庫，其實是用來收藏那些從被送往毒氣室的猶太人身上，搜刮來的貴重物品。至於，爲什麼稱這些倉庫爲「加拿大」呢？因爲加拿大是個富裕的國家，所以這些充滿財物的倉庫，便被納粹戲稱爲「加拿大」。

在「加拿大」的工作，其實就是擔任猶太人的「遺物整理師」，將那些財物一個個分門別類收入倉庫之中。比起苦力，這是舒適非常多的工作，只有被納粹喜愛、享有特權的猶太人才能擔任。負責在「加拿大」工作的猶太人，經常從死者口袋挖出糧食，找個沒人看得到的地方，狼吞虎嚥吃下；或是偷幾件衣服，悄悄帶回營區給自己保暖。只要不被發現，在「加拿大」工作的猶太人，通常能過得比其他猶太人好上許多。

當然，這聽起來並不是個光明磊落的工作。但是，在那個離死亡只有一線之隔的地獄裡，正義、是非、對錯，到底該如何辨別呢？又有誰能夠批判這些試圖存活下來的人，掙扎著只求自保的努力？

海倫娜不想死。她還年輕，對生命還有著浪漫的憧憬。於是，爲了生存，她願意出賣自己的良知，爭取前往「加拿大」的機會，一次一次大口吃下死者身上的食物，並面無表情地剝下他們身上的衣服與錢財。

海倫娜堅定地告訴自己：在這個該死的地獄裡，無論如何出賣自己，她也絕不會出賣自己的同伴，更不會支持納粹的思想。只要內心依然保有這分堅定，她就無法被摧毀。那是她最後的聖域，是納粹窮盡一切都無法奪走的一點尊嚴。

只要內心依然保有這塊聖域，她就能在這充滿屍體的地獄裡，繼續做一隻虛假的金絲雀，露出微笑，高聲鳴唱。

有誰會唱歌？納粹問

咬著牙，第一個在奧斯威辛的冬日，度過了。不知不覺，海倫娜迎來了新的春季，而她擅長唱歌的形象，也漸漸深植在集中營同伴的心中。

三月下旬，海倫娜與幾個朋友，終於獲選去「加拿大」工作。在這荒漠一般絕望的日子裡，她終於盼到一點希望，一點小小的天光。

然而，海倫娜沒有想到的是，在她第一天走進「加拿大」時，竟發生了一件完全意料之外的事——而這，將徹底改變她後來的命運。

午休時間，一名納粹軍官帶著詭異笑容走入倉庫。女孩們緊張得排排站好，低下頭，等待長官發號施令。海倫娜咬緊牙關，感到胃部正在絞痛——自己應該沒有做錯什麼事情吧？這個納粹表情這麼討人厭，該不會是要處罰誰吧？

「聽著，妳們有誰會朗誦詩詞，或唱點歌的嗎？」

一片寂靜。軍鞋踏在地上，清脆地發出「喀喀喀」的聲音，每一聲都像踩著女孩的心臟，嚇得她們渾身發抖。

忽然，站在海倫娜身邊的女孩說話了：

「海倫娜．西特羅諾娃會唱。」

軍鞋猛地站定了位置——恰恰好就在海倫娜眼前。

「海倫娜．西特羅諾娃？」

那個納粹用討人厭的語氣念著她的名字。

「……是。」

海倫娜微弱的應了一聲，她的嘴唇嚇得發白，幾乎快要暈眩。

「笑一笑，女孩，妳知道今天是什麼大好日子嗎？」

納粹歪著頭，凝視發抖的海倫娜，一雙冰藍色的眼，冷冷盯著海倫娜的臉孔。

「今天是法蘭茲的生日，妳知道嗎？」

法蘭茲？海倫娜混亂的記憶裡，浮現了一個身影：那是一個與自己年紀相仿的年輕納粹軍官，擔任黨衛軍警衛主管，負責管理「加拿大」。但由於恐懼，海倫娜從來不敢直視那些人的臉孔，因此法蘭茲的面貌，在她心裡只是一團模糊的雪白。

「……我不知道，長官。」

討人厭的納粹發出笑聲。他離海倫娜的距離實在太近，近到海倫娜不禁害怕，那個納粹會忽然張口，用閃亮的白牙撕咬下自己的臉皮。

「總之，我們決定，要給法蘭茲一點小禮物。女孩，妳就是那個禮物。」

不祥的感受自胃裡竄升，海倫娜的牙齒無助地顫動起來。那是什麼意思？把我當禮物？我海倫娜不會是任何一個納粹的禮物！

「欸，女孩，別緊張啊，妳想到哪裡去了？」納粹吹吹口哨，看著渾身顫抖的海倫娜，冷笑起來：「別搞錯，妳們猶太人都是豬，我們怎麼可能看得上妳們骯髒的身體？」

「我們要讓妳唱唱歌，女孩，用妳那好聽的歌喉，唱首好聽的歌給法蘭茲聽聽。他是位高階主管，妳必須好好唱首好歌給他聽，不然妳就完蛋了，知道嗎？」

喀、喀、喀、喀。又挑選了幾名女孩後，軍官踩著步伐走向倉庫門口，厲聲怒喝起來：「現在，被選到的人，給我出來！」

海倫娜的眼淚一顆顆掉出來。她只想安安靜靜地低著頭，在「加拿大」安全地工作。她不想面對納粹，更別說對著他們唱歌了。

一旁的女孩拍拍她的肩膀，小聲地鼓勵她：「傻瓜，去唱了，搞不好他們喜歡妳，妳就有好日子過了。」

納粹再度怒喝她的名字。海倫娜渾身發抖，一步一步慢慢踱出倉庫，邁向她生命的轉折之處。

妳可以唱得像人類一樣嗎？

搖晃著啤酒瓶，軍裝筆挺、金髮一絲不苟往後梳的法蘭茲，正坐在辦公室中，等待其他弟兄把他的「生日禮物」帶來。

那天，他剛滿二十歲。一張稚氣未脫的臉蛋上，眨著一雙大而藍的眼睛。做爲一個年紀輕輕便晉身主管階層的人，他狂熱地信奉元首，並認眞力行「鐵的紀律」。

十八歲之前，他便驕傲地加入了納粹黨衛軍，受訓於納粹最正統的菁英教育。第二次世界大戰剛開始時，他奔赴前線，奮勇對戰「危害祖國」的惡徒。最終，他因爲膝蓋中彈，從前線回來，成爲奧斯威辛集中營的黨衛軍警衛。一九四二年九月，他正式升爲黨衛軍警衛主管，負責管理「加拿大」倉庫和特遣隊。

在許多人的回憶裡，法蘭茲一直對猶太人抱有強烈的敵意。他眞心認爲，這些「劣等人類」，正在殘害他美麗的祖國，因此必須將他們清除殆盡。

每週，他會親自前往運送猶太人至奧斯威辛的火車站，一一將眼前的猶太人分類。只要有猶太人反抗，他便殘酷地加以虐打，不論對方是男是女。

對他而言，這些看似人類的生物，其實不是人類。他們是毒瘤，是萬惡的根源，是不值得一顧的下等存在。沒有同情，沒有憐憫，在法蘭茲清潔而狂熱的人生裡，雖然睜著一雙孩子般的水亮藍眼，卻從未將猶太人看進眼底。

「法蘭茲！法蘭茲快來！我們帶驚喜給你啦！」

幾個弟兄喧譁著闖入辦公室，身後還跟著幾個畏畏縮縮的猶太女孩。法蘭茲皺起眉頭。那些骯髒消瘦的「劣等生物」，居然就是自己的生日禮物？

「別不開心！你看，我們在這鳥不拉屎的地方，實在找不到漂亮的女孩，這幾個猶太女孩你就湊合一下吧！至少她們會唱歌！」

法蘭茲沒有什麼接觸女性的經驗。把精力狂熱投注在納粹事業的結果，讓他失去結交女友的時間。他不了解怎麼跟女性相處，也不清楚戀愛的滋味。但此刻，一群擁有女性外貌的「劣等生物」正圍繞著他。

一個接一個，她們輪番唱起歌來。多數都因害怕而五音不全、聲音顫抖。一旁的軍官邊喝酒，邊胡亂打著拍子；聽到實在太難聽的，就怒聲斥責並丟擲酒瓶，叫女孩閉嘴。

最後，一個有著黑鬈髮的女孩被推上前。她有一雙明亮的眼睛，與圓潤的臉蛋。此刻，她渾身顫抖，眼淚爬滿她的臉頰。

「嘿～法蘭茲！專心點！這女孩據說很會唱！」

一名軍官用帶著酒氣的嗓音高喊，還興奮地搖晃著法蘭茲。法蘭茲尷尬地笑了笑，將水藍色的眼睛轉向女孩。

「唱啊！唱啊！唱啊！」眾人鼓譟。女孩蒼白著臉哭泣，彷彿即將昏倒。

接著，她開始唱起歌來。

那是一首情歌，一首哀傷的情歌。

那不是愛
因爲很不幸的，你根本沒有心去愛
那不是愛
那只是痛徹心扉的苦

低沉、慵懶並帶有磁性的嗓音，在房裡迴盪，夾雜些許鼻音——畢竟，唱歌的女孩正在哭泣。但是，那音色像是有穿透力似的，滲進空氣之中，揮發成看不見的情緒：無以名狀，而又滿懷憂傷。

那不是愛
你心知肚明
而我，多希望我能早點看清
畢竟，你的謊言是如此美
你給了我一段童話
但童話，從來不是眞實

世界的一切都正在消失，而法蘭茲無法理解為什麼。就好像跌入一場詭異的夢境，所有過往相信的事物，此刻都被溶解成不熟悉的形狀。有什麼曾經被他遺忘的事物，正洶湧地撞上自己的胸口、心臟、靈魂，撞得他頭暈眼花，迷失方向。

多奇怪啊
那不是愛
只是一點小小的曖昧
或許那就是為什麼
僅只一瞬，它便消逝殆盡

當歌聲消失後，法蘭茲才終於意識到自己身處何方、感受到自己雙腳所踩的地面，並眞正看清楚，眼前哭泣的女孩，究竟長什麼模樣。在他心裡，有什麼事物重重地崩塌了。而同時，有什麼東西，又快速地蔓延開來，像是浪潮，淹沒他的手腳，讓他瞬間頭暈目眩，幾乎忘記自己曾經是誰。

「……妳叫什麼名字？」

法蘭茲問。

「海倫娜·西特羅諾娃。」

黑髮女孩回答。

「妳可以再唱一次嗎?像個人類一樣,再唱一次。」

像個人類一樣。

那句話剛說出口,便狠狠地撞回法蘭茲的胸口。眼前的女孩,是個人類,她有溫熱的血肉,會呼吸,會心跳,會流淚,會唱歌——非常非常會唱歌。那是法蘭茲第一次意識到,猶太人也是人類,是跟自己一樣,活生生的,有著夢想、生活與愛情的,人類。

送走女孩們後,法蘭茲打開即將被送往毒氣室的名單。他赫然發現,海倫娜已經被寫入名單,即將在今天稍晚處死。

毫不猶豫地,法蘭茲衝向下屬的辦公室,阻止了這項命令。

第二天,海倫娜安全無虞地走入「加拿大」,開始一天的工作。她當時並不知道,因爲一首歌,自己得以免於死亡的命運。

他不可能得到我，她說

日子一天天過去，海倫娜漸漸習慣了「加拿大」倉庫的事務——雖然不可免的，她必須眼睜睜看著猶太同伴送入毒氣室，並為此感到罪惡與痛苦。

令海倫娜不自在的是，管理「加拿大」的黨衛軍主管法蘭茲，自從在他面前唱歌的那天起，便經常出現在自己的視野之中。每當聽到軍靴靠近的聲音，她便會心生恐懼；而每當她回過頭，看見那筆挺的身影，跟直直注視自己的藍色雙眼時，一股想尖叫的噁心感，便會湧上胸口。

如果是在別的場合，別的時空，她會知道那代表著什麼。但在這裡，身為一名被敵人囚禁的俘虜，她不敢，也不願意直視那個可能性。

某天，她獨自一人待在「加拿大」，低頭整理死者的遺物。熟悉的軍靴聲在身後響起，讓她瞬間汗毛直豎。

「海倫娜。」

那是法蘭茲的聲音。海倫娜不想回過頭，腦海裡只浮現各種如何逃跑、掙脫，甚至揮拳毆打對方的畫面，但她只是蹲在地上，因恐懼而渾身發抖。

「妳餓了嗎？」

忽然，法蘭茲的手伸向海倫娜眼前，手中拿著一塊餅乾。

海倫娜憎恨納粹。但她真的很餓，隨時都在餓。她想吃那塊餅乾。

「吃吧。給妳的。」

遞上餅乾後，法蘭茲轉身離開了。海倫娜低頭立刻大口咬起餅乾，享受那許久未品嘗到的香酥口感……忽然，她覺得自己吃到什麼東西。

是一張紙條，藏在餅乾裡頭。海倫娜感到心頭重重一沉。用顫抖的手指，她緩慢地將紙條展開：

「我愛上了妳。」

簡短的一句話，讓海倫娜渾身顫抖起來，巨大的仇恨像浪潮一樣淹沒了她的視線——她腦中浮現那終日燃燒的黑煙、那些被迫抱走的孩子、那一具具被毒死的猶太人屍體，像畜牲一樣被剝得渾身赤裸、丟進坑中，再被大火吞沒——那些死者的遺物都還在眼前，充滿整個「加拿大」，每件物品都象徵某個慘死的人。

這個納粹，他怎麼有臉說自己會「愛」？

淚眼模糊的海倫娜，雙手使勁，用最大的力氣撕碎了那張紙條。

「他不可能得到我，因爲他是個惡魔，他不配得到任何愛。」

在集中營裡，雖然明文規定，「高貴」的雅利安人，不能和「低劣」的猶太人發生關係，一旦發生，雙方都將被處以死刑。但事實上，納粹仗勢著階級地位，調戲、騷擾與性侵猶太人的事件，每天都在發生。

對海倫娜而言，法蘭茲，也是那些卑劣的惡徒之一。她不信任他，在她眼裡，法蘭茲的示愛，是動用權力強制加諸於自己身上的惡行。她不會讓這個惡魔得逞。

從那天起，海倫娜決定，她要用盡全力恨法蘭茲。每天，只要意識到法蘭茲靠近，她便冷漠地別過頭，拒絕任何與法蘭茲對視的可能。

那是她唯一能做到的小小復仇。

做爲猶太人，她在當時，只能用這種方式，報復一名納粹。

那不是愛，你心知肚明

在後續的訪談中，許多證人都共同指出了一件事：

「法蘭茲愛海倫娜愛得瘋狂。」

但，他所做的，只是安安靜靜地待在海倫娜的身邊；不像他的同袍，經常口出黃腔、惡意騷擾集中營的女孩。法蘭茲一直只是靜默地望著海倫娜，即使海倫娜總是憤怒地轉過頭，不願看著他。

漸漸的，集中營的人們，感受到法蘭茲的轉變。他不再用殘忍的方式虐待猶太人，偶爾，他甚至會小心地與猶太人說上幾句話，蓄意放些水、減少他們的勞務，並延遲一些死刑。許多猶太受害者後續回憶起法蘭茲時，形容他是一個「相對正派」的人：「當他的同袍開始虐打猶太人時，法蘭茲會轉過頭，無聲地離開。」當然，這依然無法磨滅他身為「沉默的共犯」、默許暴行發生的事實。

海倫娜的存在，正慢慢改變他。但這兩人，始終沒有眞正接觸過彼此。

「畢竟，那不可能是愛，不是嗎？」

夜裡，當海倫娜躺在破敗的床上、一再這麼詢問自己時，她發現自己越來越無法這麼肯定了。集中營的黑夜無比漫長，是座以屍體與絕望編織的牢籠，身為一個渴望歌唱的女孩，她幾乎無法呼吸——可是，每當感受到身後那道始終不曾離開的溫柔視線時，海倫娜也體驗到一種久違的「溫暖」。

那讓她陷入巨大的罪惡感之中。但漸漸的，她開始無法分辨，正義、對錯、是非的界線，到底在哪裡。

那可能只是因爲我太寂寞了。

那可能是因爲我被權威嚇壞了，變得奴性。

那可能只是一時錯覺。

然而，隨著時間推移，海倫娜開始慢慢地，會轉頭看向身後那個男孩——那個穿著納粹軍裝的男孩。

無數的眼神交錯，從無心，變成了有意。

他們開始偶爾交談。法蘭茲會悄悄給她食物，以及幾件衣服。有時候，當海倫娜發現好友即將被送入毒氣室，她會暗示法蘭茲阻止；而只要海倫娜要求，法蘭茲總是會想辦法完成。

海倫娜成爲「法蘭茲保護的那個女孩」，那無疑是令人唾棄的「特權」。營區的人們細碎耳語著，有些人覺得遭受背叛，有些人則爲了保命沉默不語。

用現在的觀點來看，那或許更像是一種交易——一種特定時空背景之下，被迫產生的畸形關係。

總之，那不是愛。

不可能是愛，也不可以是愛。

你給了我一段童話

讓這段祕密關係逐漸變得失控的，源於一場惡疾。

在集中營裡，由於缺乏營養與良好的衛生條件，許多傳染病在人與人之間交叉傳播。其中，斑疹傷寒是相當常見的一種。患者會出現頭痛、畏寒、虛脫、發燒和全身疼痛的症狀；患病第五天左右，身上會開始出現斑點。在正常環境下，健康的人約發燒兩週後，症狀便會迅速消失。

但是，對於生活在集中營惡劣環境的人來說，這成爲難以痊癒的重症。很不幸的，由於長期住在不良的環境中，海倫娜終究罹患了斑疹傷寒。

虛軟地躺在床上，她咬牙顫抖著，陷入失序的惡夢之中。接連幾天無法走進「加拿大」，讓法蘭茲徹底陷入慌亂。

因爲害怕永遠失去海倫娜——或是，希望藉此「騙取」海倫娜的愛——端看如何解讀他們的關係。法蘭茲做出了一個瘋狂的抉擇：他在「加拿大」清出一塊空間、鋪好床，讓海倫娜可以睡在較衛生的地方，法蘭茲也可以就近照顧。這樣堂而皇之的特權待遇，讓集中營的人議論紛紛。

瀕臨死亡的猶太女孩，在無止盡的惡夢與惡夢間掙扎徘徊了數日。終於，發燒多天之後，她的燒退了。睜開眼，透過陽光的折射，她看到一個金髮男孩，正坐在床邊，對她露出微笑。

那一刻，海倫娜意識到：自己深深愛上了眼前的納粹男孩。

「事實是，我的生命得救，都是因爲他。我沒有選擇愛情，而是它自然而來。這種關係只能在這樣一個地方發生……或者在另一個星球上。」

多年後，當海倫娜回憶起那段歲月時，她是這麼說的。在無數次否認、糾結與痛苦後，她告訴自己，「我戀愛了。我認爲我戀愛了。」

那當然可能是錯覺。

但愛情，或許本就是一種巨大的錯覺。

更瘋狂的事情，發生在一九四四年。

那一年，海倫娜的姊姊羅莎（Rozinka）與兩個孩子，被運送至奧斯威辛，隨即被送入毒氣室。知道這項消息的法蘭茲，立即奔向「加拿大」，緊張地大喊：

「在還沒太晚之前，快告訴我妳姊姊的名字是什麼！」

緊接著，冒著被發現的危險，身爲黨衛軍主管的法蘭茲，高速衝向毒氣室，一把抓住即將被殺死的羅莎，以「她是我倉庫區的員工」爲由，強行將羅莎救走。這是項足以讓他被判重罪的行爲，但爲了海倫娜，法蘭茲願意這麼做。

不幸的是，由於集中營無法養育猶太小孩，羅莎的兩個孩子，仍被執行了死刑。

但童話，從來不是真實

在現今可以找到的紀錄照片中，我們最常看到的一張，是海倫娜穿著囚服，一臉燦爛地對鏡頭露出微笑。那是一張十分異常的照片——如果考量到她所身處的環境，是充滿殺戮與死亡的集中營。

而在照片之外，手拿相機的，正是法蘭茲。像一個熱戀中的二十歲普通男孩一樣，他拍下海倫娜對他露出笑容的照片，並珍惜地收藏在身邊。

多年以後，法蘭茲的女兒達格瑪（Dagmar）會告訴人們，法蘭茲是如何珍惜這些照片——他印製了無數副本，小心翼翼地將燦笑的海倫娜剪下，爲她換上更舒適漂亮的衣服，以及不是集中營的美好背景，彷彿想藉此洗去他們相遇在集中營的事實，換上宛如童話一般的幸福結局。

事實上，在那個年代，那個殘酷的殺人營區裡，法蘭茲的確爲海倫娜，打造了一個宛如童話般的幻想世界：沒有毒氣、沒有飢餓、沒有疾病；只要是她的願望，他都會努力爲她實現——在那混亂的時空裡，海倫娜經常產生一種錯覺：彷彿他們其實是正常相愛的情侶，而非扭曲的敵對關係。

但童話，終究只是童話。

而不真實的童話，終會迎來幻滅的一日。

僅只一瞬，它便消逝殆盡

一九四五年，戰爭逐漸接近尾聲。隨著盟軍登陸德國，納粹德國的帝國大夢終告幻滅。大批納粹開始對集中營展開血洗般的屠殺，希望能在盟軍抵達前，徹底銷毀一切證據。

法蘭茲並不是個博愛的人。在那樣混亂的狀況裡，他只能盡全力顧全海倫娜與她姊姊的安全。面對其他猶太人的死去，他只是袖手旁觀。

終於，在某一天，法蘭茲忽然衝入女子營區，緊張地呼喚著海倫娜。看著法蘭茲慌亂而疲憊、不再英挺的模樣，海倫娜知道：他必須離開了。

「蘇俄他們快來了，我必須上前線支援。」法蘭茲說。

接著，他拿出保暖衣物，圍在海倫娜身上，就像他之前一直以來所做的那樣。彷彿在這個亂世裡，沒有什麼比讓他喜歡的女孩溫暖更重要的事情。

「我會回來找妳，請等我回來。」

這麼說完後，法蘭茲便離開了。

望著那個穿著軍裝的男孩轉身離去的身影，海倫娜感到有某個極爲深刻、曾經占據生命全部重量的事物，正迅速地瓦解崩塌。

她曾經用盡生命的全部恨那個男孩，之後，她告訴自己，她其實很愛這個人，愛到忘記自己是誰。但是當她終於從男孩的手中徹底獲得自由之後，她卻意識到自己早已不知道該如何定義這段歲月，與這段不能被界定的關係。

她唯一知道的是，從男孩離開、集中營完全關閉的那一刻起，這段幻夢般的記憶，便徹底消散了。彷彿它不曾存在過一樣。

到頭來，那到底，是不是愛？

多年以後，審判日

時間回到三十年之後，一九七二年的維也納奧斯威辛審判。

五十歲的前納粹軍官法蘭茲，正看著證人席上五十歲的以色列國民海倫娜。

記憶的浪潮，痛苦地漫上雙眼，變成苦澀的雨。法蘭茲顫抖地望著海倫娜，那個記憶裡總是恐懼害怕、淚流滿面的猶太女孩。

此刻，她的表情堅毅，眼裡也不再有膽怯的淚水。

面對法官的詢問，海倫娜毫不猶豫地坦白兩人當時的關係，並客觀地分析了法蘭茲的罪行：是的，他是個納粹，他旁觀屠殺、協助毒氣室投遞藥物，並漠視惡行一再發生。但他同時也祕密地幫助了一些猶太人，甚至不惜冒著生命危險。

這次，法蘭茲落下了眼淚。

戰後，法蘭茲曾去海倫娜的故鄉捷克斯洛伐克，希望找到她。但那時，因爲受不了蘇聯士兵對女性長期性騷擾，海倫娜與姊姊早已逃往以色列。

法蘭茲在那之後一直住在奧地利。他寫了很多信，寄給以色列的海倫娜，卻都連繫不到她。多年之後，他才知道，海倫娜早已在以色列結婚，嫁給一名猶太復國主義準軍事組織的成員。

即使如此，當海倫娜聽說法蘭茲在維也納被捕時，她終究還是決定，帶著姊姊一起回來爲他作證。

「我愛上了海倫娜．西特羅諾娃。這改變了我，我因她的影響變成了另一個人。」

這是年老的法蘭茲，對這段禁忌的愛情，所下的注解。

最終，法蘭茲的罪行雖是無法抹滅的，但由於奧地利的戰爭罪追訴時效已過，他被法庭判定「無罪」釋放。

另一方面，這段禁忌的戀情，引起國際許多人士的側目。有人驚訝，在集中營內，竟然也會發生這種「純情」的愛戀；有人則認為，兩人的關係，終究是出於權力不對等的壓迫，以及為了求生而不得不採取的行為；有人則認為，海倫娜背叛了猶太人，是個為求生存不擇手段的投機者。

那是不是愛？

到頭來，他們的「愛情」，就像她們初遇時的那首歌一樣撲朔迷離。他們因為戰爭而相遇，在最扭曲的關係中相愛。但是，那真的是愛嗎？

二〇〇五年，海倫娜接受英國歷史學家兼紀錄片製作人勞倫斯．里斯（Laurence Rees）訪問時，對自己的這段關係做了最終的自白：

「他為我做了許多事情。某些時刻，我甚至忘記自己是猶太人，忘記他是個納粹。坦白地說，在最後的那段時光裡，我真的愛上了他。」

二〇〇七年，海倫娜在以色列去世了；兩年後，法蘭茲也跟著走了。但，關於這兩人之間的「愛情」，至今依然備受爭議與討論。

面對歷史衝突所帶來的巨大傷痕，這段納粹與猶太人的相愛故事，或許會讓某些人感到不舒適。但是，做爲愛情世界裡的邊緣人，海倫娜始終認爲，自己當時眞的愛過法蘭茲。

即使背負著被猶太人攻擊、被女權主義者批評的可能，她依然堅持這個答案，直至終老。

當世界說，你的愛不是愛，你會就此否定這分曾經存在過的感受，還是堅持：「不，那就是愛」？

「肉蟻的邊緣碎碎念」

權力不對等的關係，是否是愛？

在現今性平意識高張的時代裡，人們逐漸意識到「權力不對等」的關係，很可能使得較弱勢的一方迫於權勢，而屈從於高權位者。社會新聞中常見的性侵案件，就經常發生在長官與下屬、老師與學生之間。

許多因權力不對等而受到侵害的受害者，往往因為不想承認本身受害，而產生「我應該愛上對方」的心理保護機制。但倘若始終無法真正愛上對方，或是遭受幻滅的打擊，便會造成嚴重的二度傷害——臺灣極知名的房思琪事件，即為一個悲傷的案例。

二〇一三年，美國為了防範辦公室裡層出不窮的權勢性騷擾，直接提出「公司禁愛令」：將近四二%的公司禁止辦公室戀情，更有九九%的企業禁止主管與下屬談戀愛。迪士尼將真人版《花木蘭》裡的「李翔」一角去掉，也是怕觀眾落入「男性長官藉權勢與女性部屬談戀愛」的設定之中。

藉由指出權力的不等，達成防範性侵，是相當重要的。但是，若將辦公室戀情，或是有上對下關係的曖昧，全數視為惡，又未免太矯枉過正。畢竟在這世界上，還是可能有「兩人雖然權力不平等，但未以權勢壓迫對方」的可能。

舉例來說，自願與主管／長官／老闆相戀結婚的愛侶，其實相當常見，我們不能因此斷定，他們都是受到脅迫才在一起的。某些時候，相對弱小的這一方，可能反而更喜歡被上位者保護的感受。

舉個更極端的個案：美國相當知名的師生戀「瑪莉．凱．勒圖諾事件」中，三十三歲的女老師瑪莉（Mary Kay Letourneau），與只有十二歲的小學生維利（Vili Fualaau）戀愛、發生關係，因而被捕入獄，但維利始終堅持他與老師的關係是出於自願的，並在瑪莉刑滿出獄後，立刻與她結婚、走入禮堂——雖然這段婚姻，最終仍以離婚收場，但不可否認的，他們始終認為彼此是在非強迫狀態下相愛的。

因此，一段關係到底是受到強迫或出於自願，中間其實有許多模糊的可能性——每個人的感受與故事，都不盡相同，我們不能單純因為兩人之間權勢不對等，就判定他們必定只有強迫關係。最終，仍要回到當事人對這段關係所下的定義是什麼。

海倫娜與法蘭茲的關係，之所以受到爭議，最大的癥結點在於：海倫娜或許只是為了求生，而不得不接受法蘭茲的感情，最終產生戀愛的錯覺。

斯德哥爾摩症候群，是否是愛？

對壓迫自己的人產生依賴、認同，甚至愛意的錯覺，心理學上稱為「斯德哥爾摩症候群」。這不是精神疾病，而是一種心理防衛機制，多半出現在性侵或暴力受害者身上。

但是，在現今社會中，許多人會在缺乏心理專業人士的鑑定下，隨意地將斯德哥爾摩症候群套用在「有違常理的情感關係」：

「你怎麼一直聽媽媽的情緒勒索？你有斯德哥爾摩症候群喔？」

「妳怎麼還不跟那個渣男分手？妳有斯德哥爾摩症候群喔？」

但是，並非所有人，都喜歡被草率地用「斯德哥爾摩症候群」，將自己真實的感受簡化成「心理異常」。

奧地利的維也納曾發生一起駭人的「娜塔莎．坎普希綁票案件」。年僅十歲的娜塔莎．坎普希（Natascha Maria Kampusch）被三十六歲的綁匪挾持，幽禁在地窖中長達八年，直到十八歲時才成功逃出。

綁匪在第一時間便畏罪自殺，知道這件事的娜塔莎，當下震驚落淚，甚至為死去的綁匪點蠟燭祈禱。在那之後，雖然她稱綁匪為「罪犯」，但她並不以受害者自居，認為自己其實並非一直受到虐待。在這段畸形而複雜的關係中，她雖然曾非常痛苦，但也積累了很多成長的回憶，因此她無法將綁匪視為必須徹底切割的邪惡存在。

這些「不完美受害者」的言行，被媒體直接稱之為「斯德哥爾摩症候群」，讓娜塔莎相當無法接受：

「這完全是不尊重我的言論，難道我不能用自己的方式，詮釋與綁匪之間複雜的關係嗎？」

這是個相當極端的案例，卻也揭示了社會的盲點：當一個人對自己感受的解釋，與社會普遍的價值觀相違背時，人們習慣將這視為不正常，並需要標籤成一種「疾病」，以鞏固我們對正常世界的認知。

在海倫娜的記憶裡，法蘭茲始終對她相當溫柔有禮，並未以權勢強迫她（雖然其實有「給予保護」的利誘）。於是，在求生的過程中，她認為自己愛上了法蘭茲。我們當然可以扣上「斯德哥爾摩症候群」的帽子，將她對這段關係的感受，視為心理錯覺。

但是，這對她來說並沒有任何正面的幫助，不是嗎？

如果海倫娜相信自己愛著對方，而這個認知並沒有造成她後續人生裡的任何傷害，這個世界，又為何要急於否定這種情感呢？

或許愛，本就沒有定義

終歸到底，「愛」是什麼？「愛」由誰定義？「愛」是否必須絕對地政治正確，否則便不能存在？

海倫娜與法蘭茲之間，曾建立起一段深刻且複雜的關係——那可能摻雜著權勢的不對等、渴望求生的私心，以及因心理防衛而產生的「愛情錯覺」——對，這些都可能是真的。有人認為這是愛，有人卻不這麼認為。

無論如何，直到死前，兩人都堅定地認為：他們之間確實存在過「愛」。

這樣的「愛」會長久嗎？我個人抱持質疑態度，畢竟這必須建立在集中營這樣極端的環境之下才能成立。自由和平時代的兩人，在面對更多元的選擇後，有可能會愛上彼此嗎？我不知道。

但，排除一切政治正確的包袱後，我仍想相信一個微乎其微，但無比單純的可能：

在那一刻，那個戰亂的年代裡，一對立場敵對的男女，最終跨越階級權勢的不對等、放下家與國的仇恨，徹底忘記世界的一切束縛，真實而深刻地，談了一場不求明天的禁忌之戀。

Part 2
掙扎於罪與罰的邊緣人

05

電椅男孩，與遲來的奇蹟

你看過電影《綠色奇蹟》嗎？

片中，因爲歧視、偏見與怨恨，一位外表壯碩、內心卻軟如棉花的黑人，被冤枉爲殺死女童的殺人犯。即使他擁有不思議的超能力，最終仍在憤怒的白人吶喊之下，被送上可怕的電椅，上帝派來人間的奇蹟，就這樣被科技之力殺死——

但，你知道嗎？這個故事，其實並非虛構，而是眞眞實實地，發生過。

更可怕的是，那位慘死的「奇蹟」，當年只是個十多歲的少年。

「黑白分明」的工業小鎮

大概在十九世紀末，一間名爲「阿爾科盧」（Alcolu）的伐木工廠，在美國南卡羅萊納州正式開幕。隨著工廠規模越來越大，橫跨了襪子製作、養牛畜牧、軋棉等多種產業，許多勞工開始長久定居在此區域，並慢慢發展成一座小小的製造業小鎮，而人們也直接以「阿爾科盧」稱呼這個地方。

在這人口不過一千七百人的小鎮上，人與人的相處雖然十分緊密，但並不代表沒有衝突。事實上，由於這裡提供了豐富的勞動職缺，吸引許多缺乏學歷的黑人族群前來居住，鎮上黑人與白人的人數比例可說旗鼓相當——而這，也造成了極大的黑白對立。

爲了確保勞工們相安無事，鎮上「黑白分明」地將生活的一切，用一道運送木材的鐵軌一分爲二：黑人與白人各自居住在鐵軌的兩邊，各自擁有學校、餐廳與住宿。就連號稱「愛與包容」的教堂，在當時也分成兩間：位於小鎮伐木場旁的綠山教堂（Green Hill Church），只接受黑人教徒；鐵軌對面的克拉倫教堂（Clarendon Baptist Church），則是白人的聚集地。當地人因此簡稱它們爲「黑教堂」與「白教堂」。

雖然黑白雙方時有摩擦，且黑人的地位在當時絲毫不受重視，但在繁忙的勞務時節裡，這些潛藏的歧視與敵意，多半被忙著填飽肚子的鎮民拋在身後，因此大致上似乎相安無事——

直到一九四四年三月，一樁可怕的血案震撼了樸實的小鎮。

不是人的罪人

在一個尋常的初春下午，十一歲的白人女孩貝蒂（Betty June Binnicker）與八歲的瑪莉（Mary Emma Thames），相約一起外出採花。然而直到深夜，兩個小女孩都還沒回家。這讓在家等候的父母憂心忡忡，於是向鎮上的警察報了案，請求鎮民一起尋找他們的女兒。

但是，當天色透亮時，兩對父母迎來的卻是殘酷至極的結果：兩個小女孩冰冷的遺體，癱軟地躺在樹林的水溝之間，她們小小的頭骨，被殘忍地敲破。

而令人感到不安的是，這兩個白人小女孩死亡的地點，不是在她們日常玩耍的「白人那一邊」，而是「黑人那一邊」——就位於「黑教堂」後方堆滿玉米殼的田地旁。

憤怒，瞬間在鎮上的白人社群間蔓延。

「怎麼有人會殺死無辜的孩子？」

「犯下這種罪行的，一定不是人！」

「是黑鬼！只有黑鬼才犯得下這種惡行！」

他們需要一個罪人、一個「禽獸」般的惡魔，讓他們控訴、懲罰與處決——而在幾個小時內，他們找到了：

年僅十四歲的黑人男孩喬治．史丁尼（George Junius Stinney Jr.）滿臉驚恐，遭警察圍捕入獄，只因爲有目擊證人指出，曾看到兩個白人女孩經過鐵軌，詢問坐在鐵軌上的喬治，要去哪裡採鮮花。

鐵軌的另一邊

「事實上，那個時候，我跟哥哥坐在一起。」

喬治的妹妹、當年才不過七歲的艾梅（Aimé）這麼回憶著。

在記憶裡，那是尋常的一天，她跟哥哥喬治坐在鐵軌上閒聊玩耍，兩個白人女孩，就這麼直直朝他們走來。艾梅看傻了眼——畢竟一直以來，父母都告誡他們，絕對不可以跨越鐵軌到「白人那一邊」，否則會發生很可怕的事情。

「會有多可怕呢？」艾梅好奇地問。

「天知道？白人絕對不會放過我們的。」媽媽陰沉地回答。

有記憶以來，小喬治、妹妹艾梅、其他三位兄弟姊妹、擔任廚師的媽媽與鋸木廠工人爸爸，一直居住在窄小的公司宿舍裡頭。「不可跨越鐵軌」的規定，是黑人孩子們從小謹記在心的「聖旨」，彷彿是一道不可違逆的宗教戒律，就怕一不小心跑錯邊，引來殺身之禍。

但是，在那一天，兩個白人小女孩卻毫不在意地跨過那條禁忌之線，這讓只敢坐在鐵軌上偷偷看著白人社區的小艾梅，留下了深刻的印象。

「兩個白人女孩跑來問我們花在哪裡，我們回答不知道。然後她們就走了，事情就這麼簡單；我跟哥哥根本不知道後來她們發生了什麼事。」

但是，鎮上的白人可不這麼認爲。在聽到目擊證人的證詞後，小喬治跟他的哥哥約翰，立刻被警方列爲嫌疑犯。

小艾梅永遠沒法忘記那一天。當時她正待在家裡的雞舍玩，外頭忽然傳來刺耳的煞車聲，她抬頭一看，只見數輛黑色汽車包圍了他們家。緊接著，一群高大的白人氣勢洶洶地衝出來，一把抓住小喬治與約翰，強行將他們銬上手銬、架上警車。

爸媽都在上班，沒有人在現場阻止這一切。小艾梅只能躲在雞舍瑟瑟發抖，顫抖地探出頭，看著哥哥們被架走的身影。

「喬治！你要去哪裡？你要離開我了嗎？」小艾梅哭哭啼啼地對著哥哥大喊。

「去找大哥，艾梅！告訴他們我被抓走了！」在被白人強押進車子前，小喬治尖聲對艾梅這麼高喊著。

艾梅沒有想到的是，那竟是她看到小喬治的最後一眼。

沒有證據的證言

被逮捕的小喬治跟約翰都否認自己犯下殺人罪行，約翰更是完全不曾被目擊與小女孩有任何關係——最後，警方決定將偵辦的炮火完全集中在小喬治身上。

爲什麼是小喬治呢？這一點，或許可以從鎮民的相關證詞看出端倪：

依據小喬治的七年級黑人導師漢密爾頓（WL Hamilton）回憶，小喬治一直是學校的問題學生，甚至曾經用小刀劃傷班上一名黑人女孩；而當年，十五歲的白人女孩薩迪・杜克（Sadie Duke）供稱，小喬治在殺人案的前一天，曾威脅她：「快給我滾出這個鎮，不然我就殺了妳。」

簡而言之，在鎮民的印象裡，小喬治是個「壞孩子」。

「在我印象裡，我哥哥是個害羞、不擅長交朋友的人，他眞的不是所謂的『惡霸』。我不明白爲什麼會有白人聲稱曾被哥哥威脅過——我們當時都是黑白分開居住，我哥哥根本不可能找得到白人威脅啊。」

多年以後，艾梅徹底否認了這些證詞。

但，不論鎮民所言是眞是假，都沒有任何實質證據，可以證明小喬治與案件有任何關係——就算他眞的是惡霸，也不代表他一定會殺人。

被逮捕後，小小的喬治，被迫單獨拘留，接受白人警官接連不斷的審訊——可以想像，那並不是舒適的質詢。私刑、羞辱，外加不給飯吃，讓小喬治的身心徹底崩潰。

不久後，警官便宣布：「喬治已承認，他因爲強姦未遂而對兩名女孩痛下毒手。」

依據兩名受害小女孩頭顱粉碎性的傷口，警方研判：凶手使用鐵製鈍器，將她們擊殺。但在當時小喬治提供的證詞中，可以明顯看出他甚至不確定凶器應該長什麼樣，只能大概說明「是某種鐵做的東西」。

而小喬治的證詞，也隨著警察的「暗示」變化出兩種截然不同的版本：

第一種說法裡，小喬治聲稱自己帶兩個小女孩去找花，但到達水溝附近時，他卻被其中一名女孩襲擊，他出於自衛只好反抗，最後不小心將她們殺害。

隨著法醫鑑定出女孩外生殖器疑似有瘀傷後，小喬治的證詞出現了第二種版本：因爲他想強姦女孩，才將她們殺害，並在女孩死亡後侵犯屍體。但是這與鑑識結果並不符合，因爲女孩們的處女膜並未受到損傷。

然而，最弔詭的疑點在於：兩名女孩被發現時，現場並沒有血跡。依據她們身上可怕的傷勢，她們理應會在現場留下大量的血水噴濺，但現場卻相當乾淨，這代表女孩應該是在他處遭到殺害，後來才被搬運至發現地點。而小喬治瘦弱矮小、不過四十一公斤的嬌小體型，實在不可能在獨自一人殺害女孩後，又將她們搬運到樹林中掩藏。

但，理智上的證據不足，終究阻擋不了鎮民高漲的憤怒情緒。

沒有黑人的雪白法庭

一個（低賤、暴力的）黑人男孩，居然殺死（無辜、純潔的）白人女孩？憤怒的群衆嘶吼著要復仇，迫不及待想衝入監獄，將喬治處以極刑；喬治的父母遭到解雇、在驚慌失措中連夜逃走，甚至付不出錢請律師爲孩子辯護，只能讓公設律師草率地爲小喬治出庭。

審判期間，超過一千名白人列座旁聽，只爲了有機會對小喬治動以私刑；在座的陪審團與律師法官，也全是白人——沒有任何一個黑人被允許進入法院，包括喬治的父母。

於是，在僅僅八十一天內，喬治遭到逮捕、受審並定罪；並在短短三個月後，被判處電椅之刑。

電椅上的男孩

各位知道什麼是電椅嗎？

這是一個只存在於美國的死刑，發明人，正是那位著名的愛迪生。

詭異的是，當初發明這種刑罰，其實是爲了讓死刑更「人道」。在一八八六年以前，絞刑是執行死刑的主要方法，但由於過程太緩慢痛苦，自詡進步的美國紐約州政府決定成立委員會，專門研究如何創造更「文明」的死刑替代形式。而愛迪生的電椅方案，被當局視爲劃時代的發明，因而採納使用，希望帶給死刑犯「快速無痛的優質死法」。

但，實際執行起來是什麼狀況呢？

首先，會以皮帶將犯人固定在一張簡陋的椅子上，並在頭部與腿部栓上電極，再以強力電流貫穿犯人的身軀——然後，在科學家浪漫的幻想中，犯人會在瞬間被電昏，感受不到死亡的痛苦。

但實際上，許多犯人都經歷了極度劇烈的疼痛：他們的腦袋會被電焦、內臟被震碎、眼球暴出燒熔、口鼻噴吐鮮血，嘴裡發出恐怖至極的淒厲慘叫，甚至有些人電了數次仍無法立刻死亡；處刑結束時，渾身焦黑，甚至連頭髮都燒光。由於過程太過漫長駭人，通常會在犯人臉部戴上面罩，防止行刑者看到後精神受創。

以今日的標準來看，這無疑是殘暴至極的酷刑。

而小喬治，那個沒有任何證據就遭到判刑的十四歲孩子，卻因爲沒有任何人願意理會他的上訴，而被送上了電椅。由於個子太過瘦小——他只有一百五十三公分、四十一公斤——電椅對他而言顯得太過龐大，在處刑中途，面罩甚至大到滑落下來，無法遮擋他最後滿臉淚水、痛苦掙扎的扭曲臉孔。

在四分鐘的殘忍極刑後，小小的喬治就此死亡，成爲二十世紀裡，美國所處決年紀最小的死刑犯。

即使奇蹟出現

如果，我是說如果。

如果上帝真的存在，而祂派來了奇蹟的使者，你覺得，人類真能認出，誰，是那個奇蹟嗎？

歷史證明了，人類似乎不行。畢竟，即使是耶穌，那尊貴的上帝之子，都被人類推上了殘酷的十字架。

人如何能想像上帝的容貌？

人又如何斗膽去猜測奇蹟的模樣？

在電影《綠色奇蹟》裡，上帝派來的奇蹟，不是「純潔」的白人，而是一名外貌凶惡可怕的黑人——但，即便他擁有最純潔善良的靈魂，又有哪個人，可以看見外表下的心？

哲學家勒內．吉拉爾（Rene Girard）曾在著作《替罪羊》中這麼說過：**差異者生來易被冠上製造混亂的罪行。**

到頭來，人類雖盼望著「奇蹟」，卻總恐懼著「奇人」的出現：

當災厄發生，我們燒死不聽話的邊緣人，聲稱那是巫師作祟；當國家毀滅，我們殺死魅惑君王的女人，聲稱那是紅顏禍水；太美的女人、太醜的病人、人不同的裝扮、太多元的性向、太與眾不同的膚色，與太離經叛道的思想……

我們總畏懼太特出的、超越自身族群想像的人，與其想像他們是上帝派來的奇蹟，我們更樂意將這些人想像成恐怖且「奇怪的」異類。

因爲如此一來，當有災厄發生之時，我們便能怪罪於他們。

七十年後，遲來的奇蹟

好多好多年以後，那座因爲工廠誕生的小鎮，慢慢沒落了。如今，那裡變成一片荒煙蔓草，曾經的「黑教堂」，如今也只是一座廢棄的舊屋。鎮上的人口，只剩下寥寥無幾的四百多人。

小喬治的家人，在事件發生後離開了這座小鎮，但心裡依然留下了永久難癒的傷痕。

「自從他們帶走我哥哥後，母親再也沒有笑過了。我希望至少可以還給哥哥一個清白。」

妹妹艾梅始終不願意放棄爲哥哥申冤。在她的記憶裡，那個害羞而瘦小的哥哥，只不過是坐在鐵軌上，和兩個陌生女孩說了一、兩句話——他甚至沒有跨過鐵軌的那一邊。

但最終，他卻還是被另一邊的白人殺死了。

「那天，在跟兩個白人女孩說完話後，我們就一起回家了。在那之後，我們就一直待在一起。他根本不可能殺人，他真的不可能殺人。」

支持小喬治的人們集結起來，向這個世界發聲。他們在阿爾科盧附近的美國五二一號公路上，立了一座小小的石碑，一旁擺著他的照片，以及艾梅在照片寫下的一句話：

「七十年過去了，我們只希望還給他一個無罪的名字。」

終於，二〇一四年，八十多歲的妹妹艾梅，迎來了法官的最終判決——基於當年證據不足，法院正式判定：喬治的罪名不成立。

那是現世裡的一場奇蹟。

在這充滿歧視、暴力與恐怖的世界裡，難能可貴的奇蹟。

可惜的是，對小小年紀就命喪電椅的喬治而言，那場奇蹟，晚了整整七十年。

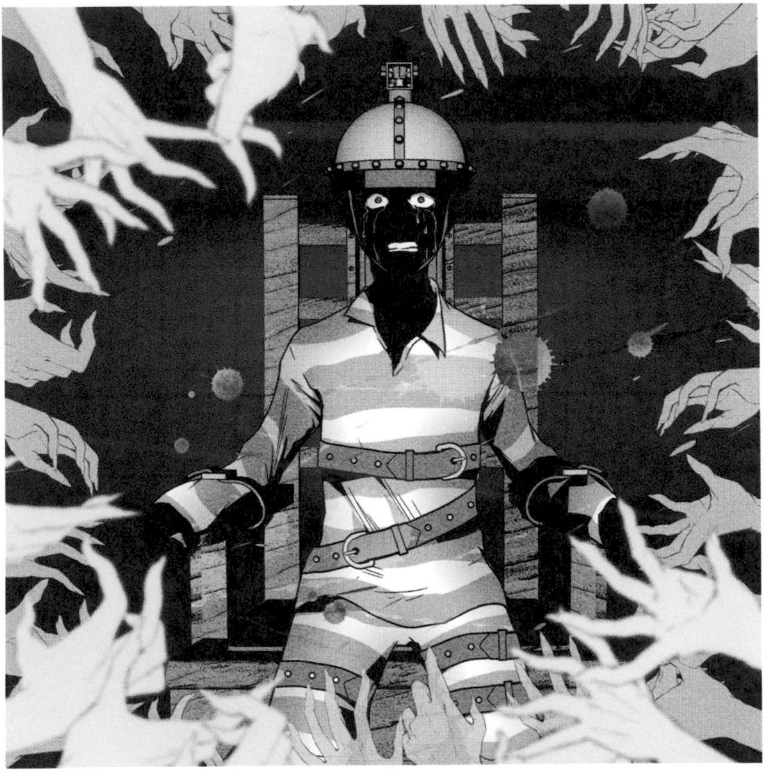

「肉蟻的邊緣碎碎念」

有一種罪，是「冤罪」

當我們藉由懲罰犯罪者維繫社會安全的同時，不可避免的，我們必須面對一種風險，那就是冤罪的可能。

美國「全國冤罪平反」（National Registry Exonerations）計畫主編，同時也是密西根大學教授塞繆爾．葛羅斯（Samuel R. Gross）曾撰文指出，死刑的冤罪比例是四．一％。用白話來說，美國每二十五名死刑犯裡，就有一位是被錯判的冤罪者。

而在臺灣，也有許多知名冤罪案件。例如江國慶案，因為被強押進入禁閉室裡刑求，江國慶被迫寫下自白，「承認」犯下虐殺五歲女童的犯行，並於一九九七年八月十三日遭處死刑，直到二〇一一年透過DNA鑑定，才還他清白。

在法治系統的漏洞裡，「冤罪者」是被迫冠上犯罪之名的犧牲品。很多時候，我們看不到他們因冤罪而失去的青春時光，也無視他們含冤而死的深深苦痛。因為，唯有將這些「冤罪者」透明化，我們才能遺忘法治的缺失，繼續安心地活在美好安全的世界裡。

明明不是真正的犯人，卻因為被判刑，從此再也無法待在正常社會之中。他們，可說是因為不公審判，而誕生的「（偽）犯罪邊緣人」。

你，是白羊中的黑羊

但為什麼即使毫無證據，無罪之人，有時卻仍會被視為有罪之人呢？

在心理學中，有一個稱為「黑羊效應」（Black Sheep Effect）的概念，指的是一群好人欺負一個好人，其他好人卻坐視不管的現象。

要誘發黑羊效應，需要三種不同的角色：

- 無助的黑羊（受害者）：即使什麼也沒做，也會平白遭受人群攻擊。
- 持刀的屠夫（加害者）：多數並不清楚發生什麼事，但基於撻伐異類（黑羊）的正義感，即使毫無證據能證明黑羊有罪，仍會跟隨大眾的鼓譟制裁黑羊。
- 冷漠的白羊（旁觀者）：雖然目睹了事件的過程，卻不打算採取任何行動。

有一句英文諺語是這樣的：羊多必有黑羊，人多必有敗類（There is a black sheep in every flock.）。

十六世紀開始，歐美社會開始將黑色視為不吉之色，連帶著黑羊也成為不吉利的異類象徵。為了社會的安穩與和平，即使毫無明確證據，某人一旦被貼上「黑羊」的標籤，眾人要不是群起攻之，便是冷眼旁觀——而這，也造成了歧視、霸凌與冤罪的產生。

種族歧視，現正進行中

最後，當我們討論喬治·史丁尼事件時，不可避免的，也必須討論種族歧視的議題。因為擁有一身黑色的皮膚，使得喬治成為那頭被圍攻的「黑羊」。這種行為，稱為「種族貌相」（racial profiling），也就是依據一個人外觀的特色，粗暴地簡化他的個性，進而讓執法者對該群體提高警覺，甚至加強調查。

Netflix 推出的影劇《別人眼中的我們》，是改編自一九八九年發生於美國的「中央公園五人幫」（Central Park Five）案件。五位非白人青少年，因為膚色而遭遇不公審判，背負強姦罪入獄，直到二〇〇二年才改判無罪開釋，並於二〇一四年與紐約市達成和解。

前面提過的密西根大學教授塞繆爾·葛羅斯指出：「在一些案件中，你可以看出明顯的種族主義。」而從他的研究數據中，可以發現：

・黑人僅占美國人口一三%，但黑人冤罪者所占的比例高達四七%。

．無辜的黑人，被判謀殺罪的機率比白人高出七倍。

並不是只有歐美才有種族歧視。在臺灣，對不同族群的刻板印象，同樣十分嚴重：

．在政策上，雖然對原住民族群的福利已有所提升，但仍有許多人會以有色眼光評判原住民，並貼上「不勤奮」「愛鬧事」的歧視標籤。

．針對外籍工作者，也有膚色上的偏見：白皮膚的外籍人士受到歡迎，而深色皮膚、來自東南亞國家的移工，卻經常被視為「犯罪者」「衛生不佳」「野蠻」，進而發生遭剝削、扣留護照押金、限制行動甚至侵害的危險。

世界上，沒有那麼多奇蹟

我們在電影裡，看到黑人約翰的綠色奇蹟。

但現實世界裡，冤罪的黑羊，甚至連一點替自己辯白的能力都沒有。

如果可以，我們不要再奢望奇蹟，而是從今天開始，試著不再成為人云亦云的「屠夫」，不再成為冷眼旁觀的「白羊」。唯有如此，我們才能讓無辜的「黑羊」，不再被社會殘忍屠殺。

06

血染山村之夜，那少年唱起死魂之歌

一九三八年的初夏某日，約凌晨四點鐘。那是一個不太尋常的清晨。空氣中飄散著淡淡的詭異氣息，那味道宛如鐵鏽，刺鼻且令人不安，一點一點，悄悄腐蝕起平靜的日常。

居住在日本偏遠山區樽井聚落的某個男孩，因惡夢而驚醒，一身冷汗。藉著月色的光芒，他將頭探出窗外，遠遠看到一個黑色的怪異人影，正拖著濃濁的晦暗夜色，緩緩向他們家走來。

會說他看起來怪異，是因爲那人不尋常的穿著：

上半身穿著類似中學生的黑色詰襟制服，下半身雖穿著黑色褲子，卻綁著如軍人般的綁腿。而在他的腰間，插著日本刀與兩把匕首，手裡則拿著五發式白朗寧獵槍。更怪異的是，他的頭上綁著白色頭巾，並在太陽穴兩邊綁上兩支手電筒，在漆黑的夜色裡發出刺目的光芒。

不是學生，也不是軍人，甚至可能不是正常人。那怪異的裝扮，使他散發出奇怪的妖異感。但，眞正讓他駭人的，是當他走近時——

男孩看見了，那人渾身上下，都沾染了紅黑色的血。五官幾乎全被血跡所覆蓋，只剩一雙恐怖的雪亮雙眼，在血色的臉頰上突兀地圓瞪。

男孩瑟瑟發抖，躲藏在窗戶後面。「那眞的是人嗎？」男孩顫抖著心想，還是那其實是天皇派出去的軍人，含冤歸來的「鬼」呢？

詭異的「鬼」來到家門口，發出恐怖的呼喊聲，並「咚咚咚」地敲起家門。父母睡眼惺忪地起床，準備開門。男孩害怕地想阻止父母，但已經來不及了。

當門打開時，男孩倒抽了一口氣；同時，「鬼」也睜圓了雙眼。

「是你啊。」

「鬼」淺淺露出笑容。

那是一個再熟悉不過的笑容，是男孩曾如此喜歡的笑容。

然而，那抹笑容上，卻覆蓋著一層濃稠且腥臭的，乾涸血跡。

曾經，那有個喜歡說故事的少年

時間倒退回一九一七年三月五日，一名嬰孩誕生在日本岡山縣的鄉下。

嬰孩的父母，在他出生沒多久，便先後因爲肺結核而離世，他與年幼的姊姊，只能跟著獨居的祖母回到故鄉：西加茂村的貝尾聚落。

那是個人煙稀少的小村落，全村不過二十三戶人家，總人口約一百一十一人，多是樸實的務農人家。

在祖母的溺愛與保護下，嬰孩逐漸長成一名天資聰穎的少年。由於先天體弱多病，少年就學期間經常請假在家休息，但因爲喜歡讀書，他在當地的小學與中學成績仍極爲優異，還被譽爲「神童」。

與當地體格健壯的務農子弟相比，有禮、溫和、靦腆的少年有著與衆不同的纖細氣質，這讓他在村落裡朋友極少，卻備受長輩矚目。師長們極力推薦他繼續就學，好在日後離開村落，前往都市成爲老師。

日常休閒時刻，少年最喜歡做的事，就是帶著村裡與鄰村的孩子們，一起閱讀——不論是鄉野故事，還是怪談小說，少年無所不讀，而孩子們也因此極爲崇拜他，把他當成溫柔的說故事哥哥。

但，獨居的祖母日漸擔心起來：少年的姊姊遲早會嫁人，倘若少年眞的去都市念書，自己不就孤苦無依了嗎？

因此，祖母淚眼婆娑地苦求少年，不要升學，與自己在村裡繼續相守。

溫順聽話的少年捨不得祖母，因此答應了。

誰都不知道，這個決定，竟引發最終那場恐怖的血腥屠殺。

在淒迷的暗夜，與女子纏綿

不再升學的少年一旦自中學畢業，勢必要開始工作。而在那小小的村落裡，他唯一能選擇的職業，便是成為一名農夫。

然而，命運卻在這時朝著失控的方向前進——持續不斷的咳嗽，以及稍微用力便會產生的難忍胸痛，讓體弱的少年無法順利下田。在醫生的診斷下，少年確診罹患了與父母一樣的肺結核，只能在家靜養，無法從事勞力工作。

於是，無法繼續讀書發展所長，也無法工作貼補家用的少年，一夕之間從「神童」，淪落成無用的魯蛇家裡蹲。

隨著姊姊嫁人離去，家中只剩自己與祖母。缺乏與外界同儕的連繫，讓少年陷入寂寞與自我懷疑的恐慌之中。即使是曾讓他無比愉快的閱讀，也無法填補那巨大的空虛。

而在這時，另外一個屬於黑夜的興趣，悄悄占據了青春期少年的心神。

在當時，日本的鄉村中，仍保有從古流傳的「夜這」文化。過去的日本，並沒有嚴謹的一夫一妻觀念，村裡的女性，往往被視為「由村裡男性共同擁有」，因此無論女子是否已婚，只要女子的丈夫不在，村裡的男人都可以在深夜時拜訪女子，與她發生性關係；女性則保有接受與拒絕的權利，可以挑選夜裡與自己相伴的對象。

沒有朋友，也沒有成就的少年，僅剩的優點，便是他纖柔的文人氣質。或許因為村裡少有像少年這樣的男性，忽然間，少年成為村裡女性頗有好感的「夜這」對象。

在無數個深深的黑夜裡，少年流連於不同的女性家中，與她們歡愛。那或多或少填補了他空虛的心靈——畢竟，在這個人煙稀少、重視勞力的深山部落，他那因閱讀而日漸深邃的腦內世界，終究只是無用之物。沒有人眞正懂得他的心，而他也只能藉由肉體的交合，找回與人類的一點連繫。

丙種的你，不配為「人」

但，這樣小小的慰藉，卻隨著二戰的逐漸升溫，走向破滅。

在天皇的號召之下，體格健壯、能上戰場廝殺的健壯男子，逐漸成爲日本國民崇尚的「正統日本男兒」。各鄉鎭紛紛對男性展開體格檢定，若是檢定合格、能夠爲國殺敵，便會視爲無上榮耀；隨之而來的影響，便是女性逐漸迷戀起被鑑定爲「甲種體格」的陽剛男性。

可想而知，體弱多病的少年，並不符合這個標準。在總共分爲「甲、乙、丙、丁、戊」的五種體格標準裡，少年被鑑定爲「丙種」，他罹患肺結核的消息，也在村裡傳開。丙種，這在充滿健壯男丁的農村聚落裡，簡直是種屈辱；再加上當時，人們多半認爲肺結核是會傳染的惡疾。瞬間，曾與少年相好的女性，開始對他鄙夷嘲弄，並拒絕與他發生關係。每當他走出家門，村人便紛紛走避，深怕被他傳染病菌，無法維持天皇最愛的優異體格。

所有人的反應，無不在告訴少年：「丙種體格又身懷重病的你，不配當人。」
沒有人想懂你，沒有人會愛你，因爲你**不是人**，因爲你**不配當人**。
如果少年身處於都市，或許還能躲藏於人海，在其中找到立足之處。但在這只有百人的小小村落，他無處可躲。謠言與歧視，便是殺死人的利刃，日復一日蠶食起他空虛混亂而尚未成熟的心智。

失格少年的非人之路

少年變了。
那個會騎著腳踏車、有禮地與村人打招呼的他消失了——畢竟，現在的他即使抬起手招呼，也只會換來厭惡與嘲弄的嘴臉。
少年變了。
他閱讀的書，開始越趨詭譎獵奇。他貪婪地沉浸在大都市裡發生的詭異殺人事件，以幻想中的殺戮滿足自己的怨恨。
少年變了。
曾經文雅的他，開始大量購買獵槍、散彈槍與匕首，隨時都拿著槍在村裡閒晃，或帶著槍械到山裡，對著不知名的地方開槍。

村人開始恐懼這個逐漸產生變異的奇怪少年，視他爲瘋子、噁心的存在。就連疼愛少年的祖母，都開始恐懼少年，視他爲怪。

某天，少年爲了讓患病的祖母服藥，把藥粉加在味噌湯裡。不料祖母大驚失色，認爲少年想殺了自己，因此通報警方。大批警力衝入屋內，將少年的槍枝刀械全數沒收。

沒有人知道，在那時，少年的心，已經立下了一個晦暗的計畫。悄悄的，他變賣家產，再度購齊了大量槍枝、刀具，與百來發子彈。

「生而爲人，我很抱歉。」頹廢派日本作家太宰治，曾在《人間失格》中如此提過。身爲不被視爲人的「非人」，少年在這深山人間裡，失格了。

而他打算帶著整個村子，一起前往地獄。

鬼來了

時間來到一九三八年的初夏。那天，少年曾與之發生關係、或許也曾愛過的兩名出嫁少婦，回到村莊探親。

少年決定，在那一夜實行計畫。

那天，少年騎著腳踏車，來來回回在村裡觀察那些曾恥笑、羞辱、拒絕自己的鄰人住家，包括那兩名女子的家在內。傍晚一到，少年便切斷了村裡的電力系統。

但村民不疑有他——深山村落，斷電十分平常。沒有鎖門習慣的人們，入夜後紛紛睡去，毫無防備。

凌晨一點四十分，少年穿上了準備好的裝備：學生服、刀槍、綁腿，和頭上綁著的兩支手電筒。

會做這樣的裝扮，或許是出於最後的「雪恥」。被視爲「不配當軍人」的他，想在最後一刻，穿成類似軍人的模樣，因此參考了常看的軍人漫畫，打上綁腿。但沒有軍裝的他，只能穿著學生制服——那曾象徵著他人生裡短暫的榮耀時光——那個還被人們愛著、視爲「神童」的歲月。

走出房間，他看著那個深愛自己、把自己綁在身邊，卻又懼怕自己、不了解自己的，最愛的祖母。

然後，他揮起刀，模仿想像中的日本軍人，將祖母的頭砍下。

如今，他什麼都不是了。

當血濺上學生服，當他揮刀殺死這世界上最後一個愛自己的人。

他終於不再是人。

他成了一個「鬼」。

一個什麼都不再愛的「鬼」。

點亮頭上的兩支手電筒，在漆黑的夜色裡，「鬼」依照計畫，踏上屠殺之路。

效率——那是個冰冷而殘暴的詞語——但，是的，他非常有效率，一如求學時期的心思縝密，他以最短的路徑，與最殘暴的方式，逐一闖入他憎恨的鄰人家中，以威力強大、宛如炸彈的達姆彈（dumdum bullet）射擊村民；若是子彈射偏，他就舉起武士刀，將對方斬殺。

淒厲的哭嚎與慘叫在村裡響起。血腥氣味瀰漫整座村落，那是如同鐵鏽一般的氣味，腐蝕著看似樸實的日常。

依據倖存的老者口述，「鬼」當時極為冷靜。他會仔細分辨眼前的村民，若是曾歧視自己的人，便毫不猶豫地殺死；但若是面對不曾對自己口出惡言的老人，他便收起槍械轉身離去。

一個半小時後，他已經殺死村中近三分之一的人。被殺害的死者共三十人、輕重傷三人，其中五名死者未滿十六歲。「鬼」共侵入十一戶民宅，其中三家遭滅門，另外四家各有一人倖存。

一陣殺戮後，渾身浴血的「鬼」收起槍械，緩步走向隔壁的樽井聚落，敲響了其中一戶人家的門。

要好好做個人喔，鬼說

「是你啊。」

門開啓時，「鬼」對門後的小男孩露出微笑。

爲渾身染血的「鬼」開門的，是姓武田的人家，那個在窗邊因恐懼而顫抖的小男孩，認出了「鬼」——小男孩以前最喜歡做的事，就是跑去隔壁聚落，與其他小朋友圍在他身邊，聽他讀書給自己聽。

是「溫柔的說故事哥哥」。

武田家驚懼不已，但染血的「鬼」只是露出微笑。

「我不會殺你們，只是想跟你們借紙筆。」

接過紙筆，有禮的「鬼」向他們道謝。

接著，「鬼」對害怕得講不出話的男孩說：

「你要好好讀書，長大後成爲一個有用的人。」

在血色之下，「鬼」露出微笑。但那笑容，與曾經身爲人的他，已經不再相同了。

在武田一家恐懼眼光的目送下，曾是少年，是神童，也是溫柔說故事哥哥的「鬼」，爬上三．五公里外的仙之城山山頂。用武田家的紙筆，寫下自己的遺書，細數了長期積累的怨恨。

清晨五點，「鬼」用槍對準心臟，以腳趾扣下扳機，從此離開人間。

那個鬼，與他曾擁有的名字

這場可怕的屠村事件，後世稱爲「津山事件」。

事件的許多細節，隨著那舉槍屠村的殺人「鬼」自殺，而變得撲朔迷離——雖然他在遺書中，提及了夜這文化、自己與村裡女性們的感情關係，以及村人的惡劣歧視，但倖存者對這些說法全都矢口否認。

由於事件過度獵奇殘暴，引發了日本諸多討論，後世也出現非常多以此事件爲題的作品，例如橫溝正史的《八墓村》、島田莊司的《龍臥亭事件》、西村望的《丑時三刻之村》等等。其中，最爲現代年輕人知曉的作品，就是知名恐怖遊戲：《死魂曲》。

有人認爲他是缺乏抗壓性的魯蛇，也有人崇拜他的殘暴與瘋狂。在無數虛擬作品裡，他被反覆重演成一個怪誕的、宛如夢魘般的復仇之鬼。

但，眞實的他，究竟是什麼模樣呢？

曾經，那個「鬼」也有一個名字，在他還被人所愛時，人們喚他：都井睦雄。

在許多許多年之後，日本電視節目《獨家報導特別篇：激動！世紀大事件Ⅲ》，訪問了當時的倖存者。當年十三歲、名爲內田定子的老婆婆說，在記憶裡，都井睦雄一直是個有禮貌、喜歡與他人打招呼的好青年，與大衆想像的殺人魔形象截然不同：

「到了最後，都井在村裡也被人排擠。如果大家伸出相助之手，一起包容他的話，他可能不會這樣走投無路吧。」

誕生於最邊緣的絕境，當邊緣人徹底失格、孤立無援之時，他們，很有可能因此蠶食自己的人性，化身厲鬼，以求最終的自保。

受害者的墓碑，至今依然座落在那個村子裡。

而關於鬼的傳說，至今，也依然在人間，不斷地反覆流傳著。

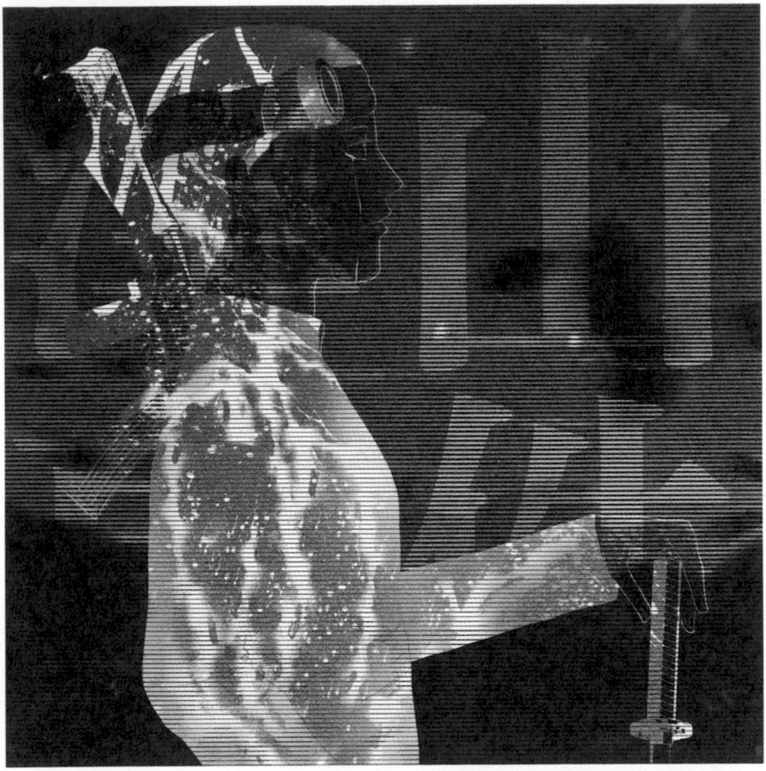

「肉蟻的邊緣碎碎念」

村八分，與無名的霸凌

在日本這樣高度重視團體性的國家裡，每一個人都必須服從相似的價值。簡單來說，日本的潛規則就是：「不可以不一樣。」你必須懂得「讀空氣」，力求自己符合社會大眾的喜好與行為模式。

當你太不一樣時，你就會被視為一種麻煩的存在，使原本平靜的世界陷入「迷惑」（在日文中意指困擾）。

而這種價值觀，形塑出日本自古流傳的「村八分」文化：

在以農務維生的日本村落裡，成人禮、結婚、生產、生病等十件生活大事，是受到高度重視、需要鄰里互相幫助的。然而，一旦被視為村裡的麻煩、異類，除了火災和葬禮因為會危及其他人的安全（火災會禍害鄰里，亡者若未盡快下葬容易引發傳染病），所以村民會出於自保而幫忙外，其他八件事都將無人聞問，最嚴重的情況，甚至會被斷絕肥料供給與灌溉水源，導致你失去存活依靠，進而有致死危機，故稱為「村八分」。

在津山事件後，都井睦雄剩餘的遠房親戚，便遭到村八分的處置。

但，或許，在更早以前，都井睦雄就已經遭受到類似的霸凌處置了——雖然沒有明顯的暴力攻擊，但村人對都井，卻都採取視而不見、嘲弄鄙夷的冷暴力態度，無形中導致了他的巨大壓力。

這種極致的邊緣化，其實至今仍存在於日本社會。例如，在校園中，經常出現看不見的霸凌，同學們藉由對異類視而不見、排除於社交圈的方式，造成被霸凌者巨大的壓力，進而引發家裡蹲、拒學等社會問題。

由於缺乏實質的傷害證據，這種無形的霸凌，往往難以輕易被阻止。

體弱多病、無法下田的都井睦雄，無疑是村裡的異類。但他所面臨的霸凌處境，卻因為難以被發現，而被視之為無物。

只是，無形的痛苦，並不等於不存在——再細微的傷害，例如：一個冷眼、一句嘲弄、一則謠言，累積久了，也會成為心魔。

復仇，只是輪迴的開始

部分的邊緣人，擁有逆轉正的動能——即使身處絕境，卻依然能綻放光芒，向世界展現自己的價值。

但，很不幸的，都井睦雄的故事，殘忍地揭露了一個事實：並非所有被極端邊緣化的人，都能擁有那種正向的力量。

都井睦雄在遺書最後一段說到：

「我得了不治之症，被鄰居們冷眼對待，還被女人們背叛，爲了對他們復仇，我才冒死報復。我也想過回頭，但長期以來的病魔折磨，讓我已經不能挽回了。如果我能再堅強一些，也許事情不會發展到這個地步。」

被巨大的絕望吞噬時，強烈的痛苦將可能產生出一種負面的心理——復仇。

但復仇，並不會讓心魔真正消失。

美國聖路易斯華盛頓大學心理學和腦科學博士法德．艾德（Fade Eadeh）在研究報告中指出：

「我們熱衷復仇，是因爲我們懲罰了侵犯我們的人；而我們厭惡復仇，是因爲我們又想起了對方當初的所作所爲。」

不間斷地懲罰敵視的族群，或許能品嘗到最初的快感，但最終，心仍會被另一種痛苦所掩蓋——因為我們正在重演別人對我們施加的痛苦。

當我們把彼此變成「非人」

在前文曾提及，津山事件最廣為人知的改編作品之一，便是恐怖遊戲《死魂曲》。

在這個遊戲中，你是主角須田恭也，陰錯陽差地進入一個詭異村落「羽生蛇村」，裡面所有的村民，都是長相扭曲噁心、不像人類的「屍人」，會不斷對你發出攻擊。為求自保，你必須尋找武器，例如：獵槍、匕首與照明用手電筒，想辦法在恐怖的村落裡，擊殺屍人。

但，當你終於戰勝所有屍人、實行「正義」之時，你將發現一個恐怖的事實：你身上的裝扮，其實與都井睦雄一模一樣。

更可怕的是，在屍人眼中，大家其實都過著和樂尋常的生活，而手持刀槍的你，才是屠村殺人的異類。

這樣的改編，象徵著什麼呢？

在社會學裡，有一個名詞叫做「非人化」（Dehumanization）。

根據伊曼紐爾學院哲學教授蜜雪兒．梅斯（Michelle Maiese）的定義，「非人化」是指將某些遭社會排斥的族群**妖魔化為不是人類的次等生物**，進而給自己理由，以非人道的方式對待對方。
當村民嘲弄都井睦雄，以「懦夫」「病鬼」等言語妖魔化他時，也等於否定了他身為「人」的資格；正因為他不是人，村民才能心安理得地霸凌他。
而在都井睦雄的眼中，這些村民，也被他妖魔化成「禽獸」「惡魔」，正是藉由這種非人化的過程，都井睦雄才能舉起自認為正義的刀槍，實行復仇屠殺。
到頭來，這是一個互相非人化的過程：霸凌者與被霸凌者，屠殺者與被屠殺者，他們互相歧視，互相不把彼此當成人類，藉由把對方當成「非人」的「鬼」，才能合理化自己的暴行。
只要他們無法打破這種想法，永恆的恨意漩渦就不會消失。在《死魂曲》裡，這個村落因此不斷落入一樣的輪迴之中：身為屍人的村民將永遠不死，而主角也將永遠在村落裡揮刀屠殺——
但，真相其實很簡單。
真相是，如果你能看清這一切歧視與憎恨的虛妄，看清楚：其實所有人，都是「人」。沒有誰是異類，沒有誰應該被霸凌，更沒有誰應該被屠殺。

終止這場恨意的輪迴吧

如果，有誰能在惡意誕生之初，便截斷這場惡意的輪迴。

如果，有誰能在「鬼」誕生之際，給他一個安穩的擁抱，讓他重返人間——

或許就不會有那淒絕的黑夜，不會誕生那隻恐怖的鬼。

二〇一九年五月，美國俄勒岡州波特蘭市的帕克羅斯高中，有一名老師，擁抱了持槍走進校園的少年。長期受到霸凌歧視的少年，忍不住嚎啕大哭，放下槍械。

這項改變或許可以從此刻、由我們開始做起：從改變霸凌文化、杜絕謠言散布，以及改善歧視環境開始。

一起終止這場恨意的輪迴吧。

Part 3
歷史夾縫中的邊緣人

07

那有個叫
多蘿西的女巫，
四歲

「媽媽養了一隻惡魔的蛇，牠會吸血。」

一六九二年三月，初春時節，一個名叫多蘿西的女孩，被村裡的人當做女巫逮捕。瞪著一雙恐懼的雙眼，穿著破破爛爛的衣服，髒兮兮的多蘿西被人們像怪物般強行架走，一步步拖向那個讓人聞之色變的恐怖牢獄。

據說，被指控爲女巫的人，被關進去後，便再也出不來了。

沿路上，人們不分男女，都對多蘿西投以恐懼的眼光，彷彿迎面走來的不是一個人類，而是一個恐怖的非生物——

「看看那女孩可怕的眼神！」

「跟隻野獸一樣！眞可怕！」

多蘿西很害怕。一直以來陪伴她的媽媽，前幾天消失了。據說，是因爲媽媽暗地裡施行邪惡的詛咒，害得鎮上純潔善良的少女們紛紛罹患怪病。但多蘿西不懂：媽媽一直都和自己在一起，餐風露宿地行走在街頭，向路人行乞討食。做爲鎮上人人討厭的乞丐母女，她們光是要想辦法塡飽肚子，就花費了許多時間，媽媽怎麼可能去跟惡魔交易呢？

出於恐懼的本能，多蘿西張開口，齜牙咧嘴，用力啃咬那些動手抓她的人——那是她唯一能做的反擊。

畢竟，那個時候的她，只有四歲。

好鬥的村落，與新來的牧師

在古早的年代，歐洲人深信超自然力量與巫術的存在，而這些信仰，隨著移民飄洋過海來到了北美殖民地。多蘿西所居住的村莊，也是如此：村民篤信上帝、禁欲而保守，對違反社會三觀的人，都抱持深深的敵意。

從小沉浸在極端的喀爾文主義（Calvinism）戒律中，這個村落的人民，一直以來都過著沒有娛樂的生活；即使在聖誕節、復活節這類大型節日，村民也被禁止唱歌、演奏俗樂或跳舞，因爲這些狂歡都是「異教徒」的行爲，聖潔的神之子民不該做出這些下流的事。至於孩童呢？他們被禁止玩遊戲與人偶，因爲這會浪費他們與神交流的時間。

村民少數被允許的社交活動，都與教會有關，例如：唱唱無伴奏的讚美詩、閱讀《聖經》或談論宗教教義，以及每週參加教會的禮拜。

諷刺的是，在這樣保守的氛圍裡，村民的生活卻不寧靜安詳。相反的，多蘿西所居住的村落，長期以來都以「好鬥」聞名，村民之間的紛爭不斷，人們對村中牧民的放牧權、窮人的處置等等問題，始終爭吵不休。

面對這樣一個難以管控的村落，駐地的牧師始終難以久住。一六七二年起，村裡接連換了三任牧師，每一任都因爲無法與在地人相處，最終只能摸摸鼻子，落荒而逃。

直到一六八九年，也就是多蘿西被逮捕的前三年，一個名爲塞繆爾・帕里斯（Samuel Parris）的牧師，決定接下這座「好鬥之村」的牧師職缺。

出生於英國倫敦的塞繆爾，原本是個商人，帶著家人與奴僕風塵僕僕來到北美殖民地，想一展事業。但接連的颱風天災，讓他的事業停滯不前，最終決定更換職業，投向教會的懷抱。

作風保守，但胸懷大志的他，深信「神將賜予他偉大的使命」。而眼前這個紛爭不斷、牧師避而遠之的偏遠村落，正是自己可以大展鴻圖的應許之地：

「我一定有辦法，整治這座村落的墮落與紛爭，讓神的榮光重降這處村落！」

當然，優渥的待遇也是很重要的。在與村民討論後，他獲得年薪六十六英鎊的待遇、一幢房屋與兩英畝的土地。這對一個有家累、事業停滯的牧師來說，相當吸引人。

於是，無視前任牧師的勸阻，塞繆爾帶著妻子伊莉莎白、九歲的女兒貝蒂（Betty Parris）、十一歲的外甥女艾比蓋兒（Abigail Williams），以及他的印地安女僕提圖芭（Tituba），來到這座村莊。

不幸的是，他的出現，非但沒有讓這座紛爭不斷的村莊變成天堂，反而落入更萬劫不復的地獄之中。

比狂熱更狂熱，比虔誠更虔誠

在塞繆爾來到村莊沒多久後，村民便發現有些地方不對勁——

比起村內長期以來的保守作風，塞繆爾非但沒有帶來新的風氣，反而顯得更加專制、更加嚴厲，甚至更加狂熱。

在過去，村內雖然禁止娛樂，但對教會成員的要求並不嚴苛。然而在塞繆爾的堅持下，教會事務限定只有受洗過、並公開自己「受到神之恩典」的虔誠者才能參與，其他人則直接被斥爲異教徒，逐於教會之外。

除此之外，他對教會內部成員的要求也極爲嚴格：稍微犯一點點小錯誤，就必須在衆人面前公開懺悔、深深反省自己，才能獲得神的原諒——

你可以想像，有人只因爲不小心踩到了隔壁鄰居的牛，就必須在所有村民面前，一邊遭受人們的鄙視、辱罵與指責，一邊將自己過往所有的「惡行」攤開來數落。而他必須聲淚俱下、跪在地上懺悔，才能獲得上帝原諒。

這宛如批鬥大會的氛圍，無疑使得「好鬥之村」內部的紛爭，變得更加癲狂。早已看不順眼彼此的人們，爭相指責，要求對方公開懺悔；原本在村裡就很邊緣的窮人、未受洗者或異族奴僕，則更加受到村民唾棄。

村子裡的保守族群，自然欣喜若狂地歡迎新牧師的「鐵腕政權」；而一些渴望新氣象的村民，則對此大感不滿。兩派陣營開始因塞繆爾牧師的去留陷入鬥爭之中。

在塞繆爾來到村落兩年後，反對牧師的少數派，決定組成五人委員會，公開拒絕支付薪水給塞繆爾，並要求他交出手上的土地與房屋，離開村子。

爲了保護虔誠的信仰——或者該說，爲了保護自己好不容易獲得的財富與土地，塞繆爾開始在教會裡宣揚「善惡對立」的言論：只有支持塞繆爾的村民，才是「上帝的子民」，而那些反對者則都是「撒旦派來的爪牙」。

「那些想趕我走的人都是惡魔！他們受到惡魔的蠱惑！」

「虔誠的子民啊！請支持我！我們才是上帝的那一方！」

每週的禮拜，漸漸變調成牧師與反對者的瘋狂大戰。塞繆爾口沫橫飛地揮舞雙手，用戲劇化的語氣怒罵膽敢反抗他的村民；臺下狂熱的信徒們則隨之鼓掌、高歌、聲淚俱下，猶如參加偶像見面會一樣，簇擁著不幸被惡魔圍剿、背負上帝使命、即將帶領村民前往天國的救世主牧師。

教徒們深信：自己都是神所揀選的聖潔子民，必須將村裡的惡魔一派逐於門外，甚至徹底消除。

「那些墮落者，早就該下地獄了！」

「他們膽敢不信神！這種人根本沒資格活在世界上！」

隨著村內兩派人馬的敵對意識越來越高漲，緊張的氣氛，宛如不斷升溫的開水，正面臨沸騰的臨界點，隨時準備一觸即發。

那是女巫的詛咒啊，人們說

時間回到一六九二年二月，多蘿西被逮捕的一個月前。

那是一個寒冷的冬季。塞繆爾依然忙碌於「神與惡魔的戰爭」，留下他年幼的九歲女兒貝蒂與十一歲的外甥女艾比蓋兒，在家閱讀枯燥的《聖經》。

在那個時代，貝蒂與艾比蓋兒，其實都已到了戀愛的年齡。情竇初開的女孩子，百般無聊中，忽然動了一個禁忌的念頭：

「欸，我們來算命好不好？」
「占卜看看我們未來的老公長什麼樣子吧！」

算命，這個看似無傷大雅的行為，在戒律森嚴的迷信時代，卻是項嚴重的禁忌。因爲這是項與惡魔有關的巫術行爲，而做爲村中「神之代言人」塞繆爾的孩子，貝蒂根本不該有這種「墮落」的念頭。

但是，做爲一名少女，算命實在太有趣、太好玩了——至少比牧師爸爸手中那本沉悶的《聖經》好玩多了。

兩個小女孩，就這麼偷偷在塞繆爾家中，玩起了算命占卜的遊戲。教她們占卜方式的，正是家裡的印地安女僕：提圖芭。玩出心得後，兩個小女孩開始偷偷到森林中，教村裡其他的女孩怎麼占卜。

「你聽說了嗎？」
「牧師的女兒在森林裡教大家算命？」
「這樣不會被神懲罰嗎？」
「太可怕了，她被惡魔蠱惑了嗎？」

要知道，在這個狹小封閉的村落裡，沒有永遠的祕密。耳語和流言，開始悄悄在村裡散播開來。九歲的貝蒂開始有些心慌：這件事，要是被爸爸知道了怎麼辦？她會因此被爸爸懲罰、像爸爸在布道時說的一樣，被丟入地獄之火、萬劫不復嗎？

在一個看似尋常的日子裡，塞繆爾在家裡呼喚女兒。他之前拜託貝蒂幫忙跑腿處理一件小事，但她並沒有完成。他覺得很納悶，女兒這陣子到底都在忙些什麼？

推開貝蒂的房門，他發現貝蒂驚慌失措地試圖藏起某些東西——看起來像是藥草，以及一些奇怪的動物骨頭。塞繆爾感到疑惑，於是斥責起來：

「妳在做什麼？叫妳做的事情怎麼還沒去做？」

你可以想像，對一個從小受到高壓教育、必須虔誠皈依神之教誨，否則就會遭到上帝懲罰與父親責打的小女孩來說，這個場景，絕對是她的惡夢無誤。絕對不可以被爸爸發現她在做什麼，但她到底還可以怎麼做呢？

「嗚嗚嗚……汪汪汪汪汪！汪汪汪汪！」

奇怪的事發生了。貝蒂開始露出猙獰的表情，對塞繆爾發出狗吠。

面對女兒失控不得體的行爲，塞繆爾驚駭不已。他試圖加以斥責，卻只換來女兒更歇斯底里的吠叫。情急之下，塞繆爾做出他最擅長的事：拿出《聖經》，開始念起禱文。沒想到，一直以來乖巧聽話的貝蒂，聽了經文後卻嗚嗚嗚地原地打滾，最後終於失聲尖叫，動手搶走《聖經》、丟向房間一角。

「我的上帝啊！妳到底怎麼了?!」塞繆爾大吼。

「我不知道……不是我的錯！不是我的錯！」貝蒂失控地大叫起來：「我被詛咒了！我被別人詛咒了！不是我的錯！」

接下來的幾天，貝蒂的「症狀」越來越嚴重：她開始昏昏欲睡、不定時地驚叫、抽搐並呻吟，甚至以詭譎扭曲的姿態在地上爬行。塞繆爾慌張地請了當地的醫師威廉·格里格斯（William Griggs）前來治療，但醫生完全看不出貝蒂有什麼生理問題。

「我的朋友，這並不是人間的疾病，」醫師以戲劇化且嚴肅的語氣，搖著頭拍拍牧師的肩膀：「這是惡魔的巫術，這女孩必定被誰詛咒了。」

聲淚俱下又語無倫次的貝蒂，口齒不清地說出她與表姊艾比蓋兒一起偷偷玩了占卜。

「但真的不是我的錯！不是我自己要玩的！都是那些女巫強迫我們學！我都是被逼的！」

被供稱一起玩占卜的艾比蓋兒及其他少女們，隨即也出現了「症狀」：她們一樣扭曲身體、尖聲哭叫，並發出動物般恐怖的哭吼。每個女孩都聲稱自己是被下了詛咒，否則她們根本不可能去觸碰邪惡墮落的巫術行爲——

面對這無法理解的恐怖，鎮民的理智，逐漸被瘋狂的迷信所淹沒：

「是惡魔！」

「有女巫對我們的孩子施了詛咒！」

但，問題是，到底是誰下了詛咒呢？

因為妳們如此邊緣

「神之代言人」塞繆爾牧師，與幾個虔誠的信徒，圍住集體失控的女孩們，要求她們說出「女巫」是誰。面對大人們恐怖的凝視，貝蒂與艾比蓋兒，支支吾吾地說出了名字：

「提圖芭！」

「對！是她逼我們學巫術！」

女巫居然是牧師自己帶來村莊的隨身印地安女僕！這可讓塞繆爾的顏面掛不住。更何況，除了貝蒂與艾比蓋兒，其他女孩沒道理與提圖芭有所接觸。

「說！還有誰是女巫？」

滿眼血絲的牧師搖晃著女孩們的肩膀。他的壓力給了女孩暗示——她們必須給出能讓牧師滿意的答案。

「還有莎拉．奧斯本！」

「對！還有薩娜．古德！那個乞丐！」

於是，在逼問下，女孩們供出了三名女巫。如此剛好，她們都是村裡最邊緣的女性：提圖芭，一名印地安女奴，天生的異教徒。她被指控教導女孩們邪惡的淫行與巫術，甚至與惡魔有過墮落的性行爲。

莎拉．奧斯本（Sarah Osborne），她是一個外地人，嫁給村裡的大家族，卻不跟村民一起上教會做禮拜。在丈夫死後，她愛上自己的傭人，就這樣私自決定再嫁給對方，引起村裡人的鄙視與憤怒，認爲她不貞潔的行爲，犯了神聖的戒律。她被指控虐待村裡的女孩，並有敗壞風俗的邪惡三觀。

薩娜．古德（Sarah Good），一名四處行乞的貧困乞丐。由於丈夫留下的龐大債務，她在村裡一貧如洗，只能長期靠鄰里救濟，被村民視為墮落骯髒的代表。她被指控不遵守戒律中嚴以律己的精神，反而用巫術虐待孩童，使女孩們染病。

這些「女巫」，都「恰好」是塞繆爾教會以外的叛教者，也因為她們都各自有讓村民覺得骯髒、噁心、令人生厭的特質，所以村民一致認為：她們必然是惡魔的僕人。

於是，在那虔誠得瘋狂的村落裡，一場又一場上帝與魔鬼「鬥法」的審判，揭開序幕。在女巫審判庭中，正義的鞭打與神聖的虐行，讓遭指控的「女巫」一個個崩潰，承認自己是「與惡魔交媾的邪惡女巫」——除了倔強的薩娜．古德，只有她抵死不屈。

那孩子，就跟動物一樣粗野

時間回到故事的開場：為了將薩娜．古德定罪，牧師與大批信徒，衝入破破爛爛的古德家，將她年僅四歲的女兒：多蘿西．古德（Dorothy Good）逮捕入獄。

「我從沒看過如此粗野的孩子。」指控者們說：

「她像動物般咬我的手，簡直是惡魔的化身。」

我們並不知道，多蘿西在監禁期間，遭遇到什麼樣的刑求——但考慮到她如此年幼，或許並不用太嚴酷的拷問，便能引導出審訊者想要的答案。於是，在三天後，小小的多蘿西，做出了供詞：

「媽媽養了一隻惡魔的蛇，牠會吸血。對，我是女巫，跟媽媽一樣。」

小小的多蘿西當時並不知道，她的供詞，等於判了母親死刑。

誰都可能是女巫喔，女孩說

然而，事情並沒有因此結束。事實上，多蘿西的認罪，只是個開始。

七十四歲的瑪莎．柯瑞（Martha Corey），是村裡篤信教義、總是準時上教會的虔誠教徒。一直以來，她都相信神的公義，並努力盡自己的本分。面對村裡小女孩們癲狂的指控，她因爲看不過去而出面發聲，指出女孩們的說法可能並不正確。

緊接著，女孩們便指控，瑪莎，也是女巫。

「相信我！爸爸！我們說的都是眞的！」

「不相信我們的都是女巫！」

艾比蓋兒、貝蒂，與其他女孩們，尖聲吶喊著「自己才是正義」；畢竟，如果瑪莎說的才是眞的，那就代表女孩們在說謊了。爲了自保，女孩們開始在審判庭上展開驚人的「演出」——

當瑪莎出庭時，幾位女孩立刻在衆目睽睽之下，作證看到瑪莎「靈魂出竅」，還用邪惡的靈魂操控一隻黃色小鳥。說完，女孩立刻做出奇怪的肢體動作，彷彿被控制般痛苦扭動，聲淚俱下地大喊：

「看哪！她正用她邪惡的靈魂操控我的身體！」

女孩們生動的演出獲得了審判庭的認可，瑪莎當庭被判有罪。她八十歲的丈夫吉里斯（Giles Corey）試圖證明妻子的清白，卻當場遭到逮捕，最後判處胸口堆疊石塊的刑罰，並在長達兩天的折磨後，窒息身亡。至於始終堅持自己不是女巫的瑪莎，最終，仍被活活絞死。

面對這可怕的結果，村中一片譁然：倘若連最虔誠的女人瑪莎都是女巫，那麼任何人，都可能是女巫。於是，村裡積壓已久的憤怒與敵意，就在這個瞬間，徹底失衡了。

瘋狂的懷疑，沸騰的指控，誰都可能是女巫，而誰都應該被捕。人們爭先恐後供稱敵對者是女巫，因爲若不趕快出聲，自己就可能成爲那個被指認的人。

其中，「神之代言人」塞繆爾牧師，更是勞心勞力地參與了這場「聖戰」。他那九歲的女兒貝蒂，成了他掃除惡魔的「明燈」，只要貝蒂伸手一指某人，然後倒地抽搐尖叫，被指的人便會立刻被定罪。而就這麼剛好，小女孩所供稱的女巫，全都是之前反對塞繆爾的村民。

「這是一個危機的時刻，惡魔正在圍攻我們的村落、我們的教會。」

「但，幸好上帝派給我睿智的女兒，幫我看清楚魔鬼的長相！」

在教會裡，塞繆爾大力鼓吹教徒揪出惡魔，凡是不支持他的人，都將立刻成爲貝蒂下一個指認的女巫。審判開始時，塞繆爾甚至自己出庭作證，支持女孩們所言不虛。很快的，這條神與魔的戰線，在牧師本人的煽動下越演越烈，最終蔓延到村落外的城鎮——是的，有什麼錯得離譜的事情正在失速惡化，但只要出聲懷疑，你，就是下一個女巫。

幽靈般的證據，與女巫的蛋糕

在當時，判定一個人是不是女巫，有幾種方法：

第一，受害者會聲稱受到幽靈、惡魔與幻境的侵害，而這一切都是由你一手策畫的。即使證詞只有這樣，法官也可即刻將你入罪羈押。

第二，將受害者的尿液混入蛋糕之中，再丟給狗吃。因爲受害者的尿液受到女巫眼中射出的「有毒粒子」侵害，因此當狗吃下蛋糕時，身爲女巫的你會痛苦萬分。雖然當時並未有任何人因這種測試方式出現異樣，但仍有三名女性因此被捕。

第三，還有一些更詭異的方式，例如，用針戳刺你的身體，只要某些地方沒有反應，你就是女巫。或是，將你直接沉入水中，如果你浮起來，你就是女巫；若沉下去溺斃了，便能證明你的清白。

簡單來說，在那樣的年代裡，無法擁有所謂「科學」的辦案鑑定。是不是女巫，你只能聽天由命。

即使在死後，「女巫」們也無法安息。人們會將受絞刑死去的屍體，隨意拋入亂葬崗中，並將這些「女巫」永遠自教會除名，無法享有天父的懷抱。被奪去名字、抹去生存的足跡，她們與他們，成爲歷史裡被徹底抹殺、邊緣得無法再被記憶的一群人。

一年後，村裡已有兩百多人被捕，二十人被處以死刑，五人慘死獄中。

上帝將制裁於你

當年，小小的多蘿西並不知道，她的媽媽，因爲她的證詞而被判絞刑。

多蘿西也不知道，她的媽媽在獄中，克難地生下了一個小妹妹：梅西．古德（Mercy Good）。而這小小的嬰兒，甚至來不及好好看看世界，便慘死獄中。

多蘿西更不會知道，媽媽被絞死前，對著強迫她認罪的牧師大喊：

「我不再是個女巫，而你則是個巫師！若你奪走我的生命，上帝會給你血喝！」

在遭受數個月的刑求後，多蘿西的媽媽與其他受刑者，在絞架上死亡。然而即使到死前，她依然瘋狂地反抗、咆哮、爲自己的生命吶喊。

這場瘋狂的獵巫審判，在歷史上稱做「塞勒姆審巫案」，以紀念這座名爲塞勒姆（Salem）的偏遠村落，所發生的一段瘋狂歷史。

四歲的多蘿西，則是這場審判中最年幼的受害者。

在瘋狂之後

瘋狂過後，人們逐漸清醒。當理智回來後，他們發現，自己的狂熱已鑄成大錯。

審判過程中，一開始堅定支持糾舉女巫的牧師約翰．黑爾（John Hale），在自己的妻子莎拉．諾伊斯．黑爾（Sarah Noyes Hale）被指為女巫後，發狂的腦袋終於冷靜下來。

他開始思考，自己之前審判指證的「女巫」們，到底是不是所謂的女巫？但直到他死後，人們才在約翰從未公開發表的著作《略論巫術的本質》裡，看見他的懺悔：

「那些日子是如此黑暗，酷刑和折磨的悲嘆，使我們走在迷霧中，看不清通往真相的路。」

而掀起巨大風波的人——塞繆爾牧師與他的家人，則始終堅稱自己是「行上帝的旨意」。他在塞勒姆村一直住到一六九七年，才因為村民的反對聲浪越來越強烈，終於決定動身離開。輾轉傳教失敗後，他又做回了商人，安詳地活到一七二〇年才逝世。

他離開之後，名為約瑟夫（Joseph Green）的新牧師來到塞勒姆村，以溫柔、慈悲而真誠的方式，與村民溝通，撫平了族群之間的敵對與傷痛。

從十八世紀開始，「女巫」的家屬紛紛開始請願，請求翻案正名。但，直到二〇〇一年，麻州州長才終於簽署聲明，證明「女巫」們的清白。

而這，是在事件發生了三百年之後。

好多好多的紀念碑，在曾死過數十人的土地上紛紛建起。後代開始學會哭泣，為那些無辜死去的邊緣人，流下一點同情的淚水。

但那，都沒有什麼意義了。

對小小的多蘿西來說，她的快樂，將永遠被扼殺在那個看到眞正惡魔的，恐怖煉獄中。

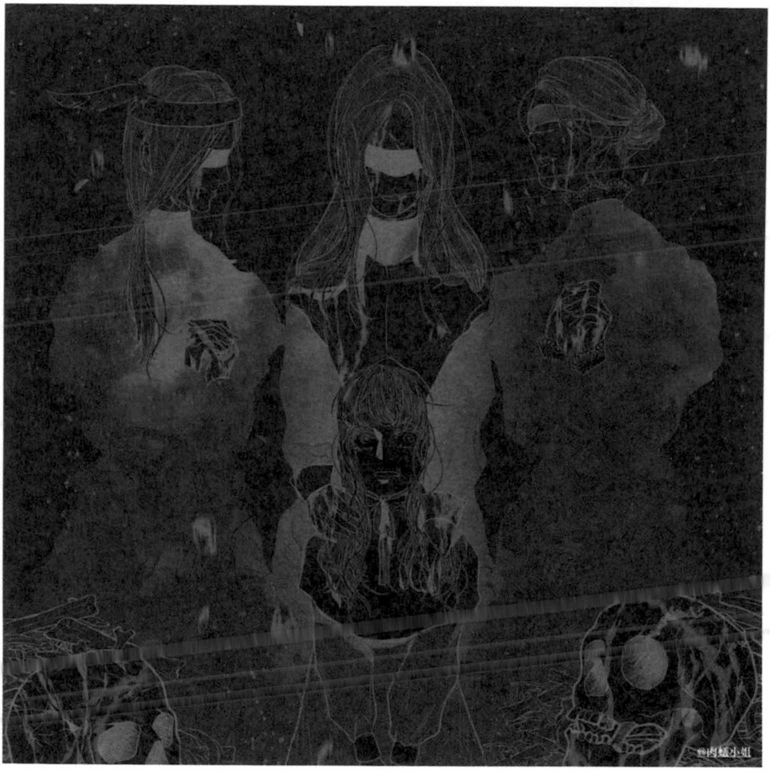
@肉蟲小姐

「肉蟻的邊緣碎碎念」

巫，其實就是「邊緣人」

女巫歷史誕生於何時？從絕望時代開始。

——朱爾・米榭勒《女巫》

獵巫，絕對是人類史上最醜惡的暴行之一。但可悲的是，它卻反覆不斷地在歷史重複上演著。

被獵的「巫」，並不只限於女性：貧民、身障者、非異性戀、外國人、精神疾病患者……任何一種違反社會規則、被歧視的邊緣人，都可能「被成為」社會集體霸凌的受害者。塞勒姆審巫案最先遭到指證的三名女巫，就很明顯是這樣的弱勢。

因此，如果用更符合現代習慣的語彙來稱呼這種惡行，或許用「獵邊緣人」會更加合適。

壓抑的女孩，成為殘忍的劊子手

而整起事件最讓人迷惑不解的一點，在於：為什麼村裡的女孩們，會接二連三出現癲癇與幻覺，最後甚至出面指控他人，引爆悲劇？

其中一種理論是，女孩們吃了感染黑麥真菌的農作物，引發「麥角中毒抽搐」；也有人認為，女孩們罹患了流行性腦炎，造成腦部病變而導致幻覺。但這些說法，都不符合當時女孩們的狀態：她們普遍氣色紅潤，且意識清楚到可以明確指證女巫，不像罹患了生理性的惡疾。

另一個較能說服人的理論則是指出：由於長期處於高壓且好鬥的迷信環境，女孩們逐漸養成「看大人臉色說話」的心理防衛機制。以牧師的女兒貝蒂為例，由於父親是村裡「虔誠的神之代言人」，她必須遵守的戒律，比起同齡女孩來說更為嚴苛，不知不覺讓她養成了「若不想被罵，就要說出爸爸想聽的話」的求生本能。

而這種恐慌心理，也同步影響了其他人，最終導致女孩們全體癲狂的詭異狀態——心理學上稱為「集體歇斯底里」（Mass hysteria）。在歷史上，這種集體抽搐、產生幻覺的怪異事件層出不窮，多半出現在宗教戒律或社會規範極度森嚴的保守社會，且好發於社會中遭到高壓管理的女性族群。

心理學家史蒂夫．戴蒙（Steven Diamond）指出，這種症狀的出現，可能是想表達她們無法表達、不能表達，或不願意承認的情感。

這也就可以解釋，為什麼女孩們指控的女巫族群，普遍都是社會弱勢或敵對派系。因為女孩在父母有意識地耳濡目染之下，內化了歧視的眼光，並為了自保，而將罪過強行轉嫁給遭到社會冷眼的異端。

就像將你獻上了祭壇

在群衆心理學裡，這種行為稱為「替罪羊效應」。

就像獻祭羔羊能化解災厄的古代儀式一樣，每當出現影響社會安全的事件時，人類習慣尋找一個（或一群）討厭的人，做為怪罪的對象和犧牲者，藉此安撫浮動的人心。

依照文化研究學者托賓．西貝斯（Tobin Siebers）在《梅杜莎之鏡》一書中所言：「人群中稍有異類，人們便不會放過，希望以此識破邪惡的力量。」

從猶太人大屠殺、羅興亞人遭迫害，到網路鄉民對看不順眼的人進行肉搜辱罵，甚至是近期對染疫者所產生的恐慌、歧視與排擠……人類習慣藉由撻伐邊緣人，把他們邊緣得更極致，以維繫社會體系的平衡。但世界並不會因為把邊緣人去除，就變得美好。

只要恐懼的瘟疫依舊蔓延，新的女巫、新的邊緣人、新的替罪羊，便會不斷被分化出來，以做為社會的活祭。

08

瘋子七四二號，與他的天才字典

十九世紀下旬，倫敦某個清冷多霧的夜晚，皎潔的月光，被灰藍的天色籠罩。深夜兩點的鐘聲剛剛響起，街上人煙稀少。巡警打著哆嗦，在寒冷冬霧裡緩慢步行。

忽然，四聲槍響，劃破了寧靜的夜色。

當巡警趕到時，一切都已經來不及了。在破敗而潮濕的貧民區，一名男子倒在血泊之中。他曾名為喬治，是個工人，家有年輕的妻子與七名子女。

但此刻，喬治只是具倒在地上的屍體。

站在一旁的，是個衣著整齊的軍官。身姿筆挺高大，手持冒煙的手槍。

「是誰殺了這男人？」

「是我。」軍官說。

據他的說法，他是來自美國的軍醫。之所以殺了喬治，是因為：

「他是愛爾蘭傭兵派來的殺手，平常都躲在閣樓裡，但半夜會爬上我的床，不斷凌虐我，並在我的嘴裡塞入帶有毒藥的鐵餅。即使我跑來歐洲，這些殺手依然不肯放過我！」

這項怪誕的證詞，說明了一件事：眼前這名衣冠楚楚的美國軍醫，其實已經嚴重精神失常。親友與醫師輪番證明，早在他仍待在美國的時候，便已無法區分虛實。

在倫敦法官同情的目光之下，他被下達了判決：終生監禁在英國的精神療養院，直至女王特赦為止。

故事似乎結束了。從此，他成為一名幽禁於異鄉的瘋子，失去了原有的名字，成為「編號七四二號」。這位美國軍醫曾經風光的前半生，就此畫上句點——至少，當時所有人都是這麼認為的。

沒有人知道，這個瘋子七四二號，未來會協助編撰一部偉大鉅著。

而這部鉅著，將徹底影響英國，甚至世界的文化。

陽光小島，與優雅的「美國貴族」

時間回到一八三四年六月，一座名為錫蘭的熱帶小島上，瘋了七四二號，誕生了。

他父親的家族在美國名望極高，被稱為「美國貴族」。但由於父母對基督教虔誠的信仰，他們全家搬往錫蘭，以實現傳福音的夢想。也因此，瘋子七四二號的童年，是在一個充滿異地風情的國度裡度過。在父母優良的教育之下，他逐漸成為一位喜愛閱讀繪畫、言談溫文的紳士。

二十九歲那年，他自耶魯醫學院畢業。擁有在異國歷練的經驗，與豐富的醫學知識，他做出了一個決定：參與當時戰況激烈的南北戰爭，成為駐隊軍醫。

他沒有想到，就是這個決定，徹底顛覆了自己的一生。

無慘戰爭，與破滅的癲狂

在那缺乏醫療設備，卻又充滿殘酷殺人武器的時代裡，戰爭，就是人間煉獄：沒有麻醉藥的戰地裡，殘破扭曲的屍體，與斷肢毀容的士兵交疊堆放；蚊蟲啃咬著壞疽，惡臭交雜著哭號。那裡，不是一個優雅的「貴族」適合待的地方。

最淒慘的戰役，是一八六四年的莽原之戰。在近距離肉搏殺戮中，槍砲意外引發草原大火——上千名士兵在淒厲哀鳴中，燒成一具具扭曲的焦屍。

由於戰況太過淒慘，僱來的愛爾蘭傭兵紛紛逃跑，並導致士氣低落的美國軍隊不滿。為了懲罰，也為了洩恨，美軍開始凌虐、殘殺愛爾蘭逃兵，更祭出「烙印之刑」。顧名思義，美軍在愛爾蘭逃兵臉上烙印，讓他們終生都必須頂著羞恥的疤痕，無異於奪走他們一生的名譽。

而這項刑罰，必須由軍醫執行。

後來人們總說，溫文的七四二號，就是這麼瘋了的。或許，當他目擊太多殘暴的虐殺，並被迫在他人臉上烙下印記時，他心裡的什麼東西，也跟著崩壞了。

一開始，他瘋狂地嫖妓，接著，產生了幻覺：他認為到處都有愛爾蘭傭兵要對他復仇，他們藏在床底下、閣樓裡、牆壁中，或任何一個詭異的角落裡。他們會在深夜凌遲他的身體，在白天躲在地板下對他吃吃冷笑。

他瘋了。軍隊解除了他的職務，但擔保了他一生的薪餉。

一八七一年，他買了張去倫敦的船票，夢想著重新開始：在藝術與人文的薰陶下，變回溫文的優雅紳士，一個曾經的「美國貴族」。

他沒有想到，這一去，他竟成了一個名爲七四二號的瘋子殺人犯。

最大的寬恕，與溫柔的書

對一個渴望知識的瘋子來說，關在療養院的生活，是乾涸而恐怖的。他總在深夜看到恐怖殺手從地板竄出，對自己伸出病態的魔手。他夢遊，他哭泣，他爲自己感到羞恥。

只有一件事是確定的，七四二號認爲，他必須對那個無辜被殺死的工人——喬治的家屬道歉。

他寫了一封信，寄給工人的妻子伊萊莎。他爲自己犯下的罪懺悔，並決定每個月將自己豐厚的美軍薪餉寄給伊萊莎與七個孩子。

出乎意料的，伊萊莎不只同意了，甚至希望能見見這個殺死自己丈夫的「美國瘋子」。初次見面時，兩人氣氛緊繃而尷尬，但漸漸的，伊萊莎意識到，眼前的男子，只是一名受困於幻境的可憐人。

她開始頻繁探望七四二號。一次又一次的，她爲七四二號帶來外面世界的消息，並開始爲他買書——大量充滿知識性的書籍，裝飾起七四二號荒蕪的病室。

來自受害者的寬恕，在七四二號晦暗的世界裡，這已經是個奇蹟。

但，一場眞正改變世界的奇蹟，就夾在伊莱莎所帶來的書本中。

一封改變世界的公開信

在被拘禁八年之後，某一天，七四二號在一本新書中，看到一封來自「字典編撰委員會」的公開信，向全國各地徵召志願讀書義工，協助他們蒐集英文詞語，一同編寫「最鉅細靡遺、足以撼動英語世界的英文字典」。

「我要做。」

爲了向世界證明，自己的存活仍有其意義，七四二號立刻寄信報名，成爲字典義工。藉由自己豐富的學養，以及驚人的閱讀量，他建立起獨創的蒐集方式——每天，他精心從書籍中摘選字詞，分門別類寫在小小的字卡上，並做出精準而不失優雅的注釋。

他系統化的整理方式，很快就引起字典編撰委員會主導學者詹姆士．莫雷（James Murray）的重視。所有參與此項工作的義工裡，沒有一個人能像七四二號一樣，提供如此豐富、大量且精確的字詞蒐集。莫雷熱情地回信，感謝七四二號的努力——他並沒有發現，七四二號的來信地址，是當地的犯罪精神療養院。

當七四二號收到回信的那刻，他的心，再度回到童年陽光璀璨的熱帶時光。沒有濃霧與殺戮，世界再度擁抱了他，告訴他：

「你的存在，是有意義的。」

七四二號一無所有，唯一擁有的，便是時間。在混亂的深夜幻象裡，他埋首於繁雜而精確的字典工作，在無數年月之間，他開始一個字一個字地，寫，寫，寫，寫，寫，寫。

唯有在那個時候，他才是清醒的。不是一個遭判刑的殺人者，不是被監禁的瘋子，不是七四二號。而是最眞正的自己，那個渴望擁抱學術的紳士。

瘋子，與學者

在密切合作十七年後，莫雷開始好奇這位神祕的義工是誰。在多方打聽後，他赫然發現，在溫文的來信背後，竟是一名瘋狂的殺人者。

如果是你，你會怎麼做呢？

莫雷的決定，是去見他。

一八九一年，莫雷踏進精神療養院的門扉，第一次面對面見到了七四二號。

而在那之後，他不斷來訪，就這麼持續了二十年。

瘋子跟學者的友誼，聽上去如此奇怪。但在學術的世界裡，他們是知己，擁有相同的敏銳，與對文學的熱愛。那讓他們每一次聚會都聊得極爲熱烈。

或許，那是因爲瘋子離凡人並沒有那麼遙遠；也或許，人多少都有那麼一點瘋狂，在追求渴望的事物時，都有相似的狂熱，只爲了成就某種不可能。

徹底的失序，與巨大的崩潰

但，即使如此，瘋狂，仍纏繞著七四二號不放。

經過被幽禁三十年、足不出戶的時光後，他的幻覺逐漸失序——清醒的時刻越趨短暫，大部分時間裡，他咆哮易怒，蓬亂的白色鬍子下，是一雙失控的雙眼。

而這一切，在一九〇二年，引爆了一場血腥的崩潰——

上午十點五十五分，七四二號滿身是血地從自己的房間走出來，對著看護大喊：

「你們最好找醫官來，找傷了我自己。」

他眞的狠狠地傷害了自己——事實上，他自宮了：用一條絲線，將生殖器綑綁至壞死，而後割斷。

在那之後，他的狀況越發惡劣：他無法閱讀，終日被幻覺困擾，並多次跌倒受傷。更淒慘的是，療養院長不再願意照管這「任性妄爲」的瘋子，因此丟了他所有的書籍、蒐集的資料，以及作畫的工具，把他幽禁在空曠的密室裡。

過往僅存的一點小奇蹟，就這麼消失殆盡。

最後的奇蹟，來自邱吉爾

莫雷與七四二號的美國家人開始奔相請願，希望有人能伸出援手，讓七四二號「假釋」出院，回國安養。在他們瘋狂努力後，奇蹟終於發生了——

當時擔任內政大臣的邱吉爾，爲他簽下了開釋令，但條件是：開釋後立即離開，不准再回來。

到頭來，這個奉獻一生、在英國贖罪的男子，終究只是世人眼中的「瘋子殺人犯」。

一九一〇年四月，在莫雷夫婦的陪同下，七四二號搭上輪船，離開這個幽禁他近四十年的國家。莫雷與他，眼中都含著淚水。兩個白髮蒼蒼的老人，因爲編撰字典而相識，從年輕編到白頭。字典太浩大了，兩人窮盡一生也沒編完。

但，他們都知道，這一次，就是永別了。

揮著手，七四二號就這麼消失在海的另一邊。

無名的編撰者，與他的名字

莫雷與七四二號一起編撰的那套字典，就是世界上最浩大的字典：《牛津英文大字典》。總共十二鉅冊，耗時七十年才全數編撰完畢，總共收錄了四十一萬四千八百二十五條字詞解釋。

其中，單是七四二號貢獻的，便有數萬條。

回到美國後，七四二號的病況迅速惡化——逐漸失智，讓他徹底失去了過往的理性，成爲人們眼中愛發牢騷的怪老人。

一九一五年，莫雷因病過世。聽聞消息的七四二號當場崩潰了，想動手毆打護工，但他的力氣早已小到無法造成任何傷害。

短短五年後，七四二號因肺炎在家中病逝，被葬在貧民窟旁的墓園。

沒有人知道，他曾是一個爲偉大字典貢獻一生的人。他的故事，多年來被深鎖在大英帝國官方機密檔案中，直至近年才被揭曉。

他的名字，是威廉・麥諾（William Chester Minor）。在歷史長河裡，他試圖藉由編撰字典，為自己留下一點存在過的痕跡。

幸運的是，他做到了。他真的做到了。

或許這就是最大的奇蹟。在這個並不總是陽光普照的世界裡，曾有個名為麥諾的男子，掙脫了纏繞終生的幻境，為自己在世界上掙來一個屬於自己的名字。

Diagnose
〔verb〕診斷
〔noun〕
〔adjective〕
Lunatic

「肉蟻的邊緣碎碎念」

瘋狂的歷史．汙名的哀歌

對於麥諾醫師到底得了什麼病，至今依然眾說紛紜。有人認為是由於南北戰爭慘痛的經驗，所引起的創傷後壓力症候群（PTSD）。依據維基百科的說明，主要症狀包括：做惡夢、性格大變、情感解離、麻木感、失眠、逃避會引發創傷回憶的事物、易怒、過度警覺、失憶和易受驚嚇。

但，由於麥諾的幻覺有越來越嚴重的傾向，也有人認為是源自先天性的思覺失調症，主要症狀包括幻覺、妄想，以及思維和言語紊亂。

甚至，如果參照麥諾醫師曾有一段瘋狂沉迷於嫖妓的時期，他也有可能是因梅毒而引起一系列精神異常。根據《天才．狂人與死亡之謎》一書所說，梅毒可能引發輕癱（paresis），患者多數時候可能極為正常，但有時卻會產生極高的創意思維與強烈的精神興奮，這些症狀最後很可能演變成嚴重的幻覺。許多人認為，歷史上著名的天才，如貝多芬、梵谷或王爾德，都有可能因為罹患梅毒，才使他們強大的天才創造力獲得強化。

某種程度上，瘋子與天才的確有著極為微妙的關係。許多驚人的作品，常常誕生在超脫世俗想像的狂熱之中——或許，正是要超越正常，才能創造出無人能及的作品吧。

但，無論如何，瘋狂者，是非常容易被汙名化與無視的族群。一旦被社會視為瘋狂，社會便會用幽禁隔離的方式，讓這些人被阻絕於世界之外。

《瘋狂簡史》一書中，舉了許多這樣的實例。例如一位名為約翰．珀西瓦爾（John Perceval）的英國男子，因為自稱聽到神和魔鬼的話語，被家人強迫住進療養院，卻發現醫療人員完全不尊重他的發言：

「或許他們把我的沉默視爲一種默許。他們從未告訴我，他們接下來要做些什麼，爲什麼要讓我服用這些藥物。他們也從未問我：想要什麼東西？喜歡怎麼樣？會不會反對這樣或那樣做？」

像麥諾這般，擁有殺人犯與瘋子的雙重身分，卻還是能參與世界、獲得發話權的人，真的少之又少（這或許多少要歸功於他出身於得力的有錢家庭）。多數瘋狂者，都只能在社會的冷眼中，慢慢地失去話語、被歷史遺忘。

但，瘋狂不應該被無視。事實上，精神疾病離我們非常非常近。根據衛福部二〇一五年統計，臺灣一年因精神相關疾病就診人數高達二五〇萬人，常見的疾病除了憂鬱症外，以思覺失調症為大宗，盛行率占〇．〇〇三％左右。

藉由醫藥治療與諮商輔導，很多看似瘋狂的人，其實都能成功融入社會之中，獲得發揮的空間。若能屏除過往既定的汙名想像，我們或許可以看見更多更多，跟麥諾醫師一樣的「奇蹟」發生。

關於伊萊莎

另外一個想跟大家補充的，是關於文中提及的受害者遺眷：伊萊莎。

在介紹麥諾醫師生平的書籍《天才、瘋子、大字典家》中，以及改編於此的電影《牛津解密》裡（由梅爾．吉勃遜與西恩．潘主演），都可以看到：伊萊莎與麥諾醫師之間，似乎發展出一些隱晦的「感情」。

而這，可能也導致了麥諾自宮的行為──他無法原諒居然對自己所殺之人的妻子，產生欲望。

當然，在缺乏有力證據的情況下，這只能列為一種假說。

但，如果真的發生了，真的有這麼可恥嗎？

很有趣的，這個世界，對於受害者選擇寬恕加害者，似乎普遍抱持不太正面的態度。舉小燈泡事件為例，受害者的母親一表示不支持死刑，立刻引起許多鄉民謾罵，認為她

「有斯德哥爾摩症候群」「沒有母愛」「自以為聖母」。

是的，我們當然可以憤怒，可以不原諒加害者——應該說，原諒和寬恕，本來就是很難的事情，像我就做不到。

但，如果一名受害者，最終選擇了逆風，選擇不跟隨世界既定的懲罰與怨恨，而選擇了寬恕，那也是他個人的選擇。完全不相關的我們，又有什麼資格對他的選擇做出公審？公審者，到底是為了正義，或者只是不希望看到不同於自己選擇的異類？

我不會知道伊萊莎真實的心情是什麼。是真心的寬恕，或是出自利益的考量？她是否真的與麥諾發展出曖昧，或者只是同情？

無論答案是什麼，我都尊重她的選擇。

就像不應該強加瘋狂者汙名一樣，一個選擇與世界不同的人，如果並沒有傷害到任何人，那麼別人又有什麼資格對這項選擇做出評判呢？

09
從平凡的女孩和子，到孤島女王

「好熱。」

意識矇矓間，她看到自己幾乎赤身裸體，置身在暗無天日的熱帶叢林。燠熱的空氣沉沉黏在肌膚上，幾乎要將人烤熟；蓊鬱棕櫚樹堆疊成灰色暗影，不知名的蚊蟲與飛鳥，正在幽暗處發出刺耳怪鳴。

那是一個不知名的年代，年約二十九歲的她，身處於世界最邊緣的小島上，隱身於蓊鬱的熱帶叢林之中。

忽然，叢林深處，傳來一聲清脆的聲響。她猛然一驚，機警地從草地間彈起，慌亂掃視著眼前的景色。

「他們找到我了？」

恐懼感猛然竄上心頭，她顫抖地喘著氣，一步一步安靜地往後退去，想避開從枝葉間透下的刺目陽光，悄然隱入叢林的暗影之中。

「他們，要來殺我了。」

小心翼翼地挪動雙足，她緩慢向後退開。

忽然，腳下的草地瞬間消失了。

她來不及發出聲音，便失足滑倒，迎接她的是異常冰冷堅硬的路面——

眨了眨眼睛，她感到頭昏腦脹。映入眼簾的竟然是漆黑濕滑的柏油路，而她跪坐在地上，身上穿著暴露的清涼衣物，手上還拿著酒瓶。

那是約莫一九五五年的東京，三十二歲的她，衣衫不整地跪坐在飄著細雨的街頭，一身酒臭。

路人對她露出譏諷的眼光。難聽的碎語，流竄入她的耳中：

「是那個女人嗎？」

「那個『擁有三十二個面首（意指男寵）的女人』」？

「好誇張，是那個魅惑男人的變態女奴隸嗎？」

「我才不是奴隸！」她大吼，怒目圓睜。

「我是女王！我那時候可是女王喔！」

衆人哄堂大笑。刺耳的笑聲，聽起來就跟美軍空投砲彈的聲響一樣恐怖，不斷在耳邊轟轟作響。

她摀住耳朵，連滾帶爬地想逃走。但當她轉過身，背後竟再度變成那片黑暗的叢林。在那叢林深處，三十二雙男人的眼睛，正露出野獸般詭異的光芒。

「我們找到妳了。」

「我們要殺死妳。」

她顫抖著閉上眼睛，終於忍不住放聲尖叫。

曾經，她是個幸福的女孩

一個名喚「和子」的女孩，誕生於一戰剛結束的日本沖繩。

那是個舉國瘋狂的年代——天皇的玉音，是國人唯一的眞理。抱著要成爲亞洲最偉大國家的傲慢自負，日本舉國上下爲戰爭而沸騰，男女老幼，無不高聲歌頌天皇的偉大，並隨時願意奔赴戰場，爲國犧牲。

但，那一切喧譁都是屬於本島的。至少，對誕生在偏遠沖繩人家的和子而言，生活依舊是平和而簡單的。比起戰爭，和子更在乎的，是找個心愛的男孩，共結連理，組成一個美好的家庭。

一九三九年，二戰爆發，十六歲的和子，長成一個俏麗可愛的少女。因應日本的南洋政策，政府鼓勵國民前往日本所占領的南洋群島工作，和子也決定奔赴遙遠的塞班島，投靠自己的哥哥，順便覓得一份工作。

個性活潑的她，沒多久便找到咖啡廳服務員的差事。她亮眼的外型，在島上吸引了許多人注目——其中，一位同樣來自沖繩的男孩比嘉正一，深深吸引了和子的目光，兩人隨即陷入熱戀。

和子十八歲那年，兩人結婚了。

比嘉正一是南洋興發的職員，負責管理島上的椰林栽種。平凡的夫妻，就這麼在遠離戰事的南洋小島上，過起平靜的生活。

然而，和子二十一歲那年，比嘉正一接到命令，必須前往另一座島任職。與丈夫感情極好的和子，毫不猶豫地決定一起前往。

但是，就像所有歷史上的邊緣人一樣——一個看似渺小的決定，卻往往成爲讓生命大翻地覆的轉捩點。

安納塔漢島，末日的邊境之島

夫妻倆前往的安納塔漢島，是馬里亞納群島中的一個火山島。長約九公里，寬約三．七公里，總面積三十一．二二平方公里，椰林蓊鬱，杳無人跡。島上除了二十名原住民外，只有三個日本人——分別是和子、她的丈夫正一，以及正一的上司中里（假名）。然而，隨著戰事接近尾聲，日本節節敗退，南洋群島也開始遭受美軍猛烈的轟炸。正一開始擔心起居住在另一座島上的妹妹安危。

爲了心安，正一決定獨自離開幾天，前去探望妹妹。跟和子簡單道別之後，正一便搭船離開了。

當時的兩人沒有想到，那天居然就是永別。

正一離開後沒多久，美軍便對安納塔漢島展開猛烈的空襲。黑壓壓的天色裡，如雨水般密集的砲彈狂灑而下，燃盡了房宇、擊毀了椰林，恐怖的巨響讓整座島隆隆搖晃，宛如末日。

和子什麼都沒有，身邊唯一能守護自己的，只有丈夫的上司中里。兩人一次次奔逃於生與死之間，在恐怖的砲彈聲中緊緊相擁著彼此。在末日的荒島上，他們就像是唯一存活的男女，被整個世界獨留在邊緣之地。

無法阻止的，和子愛上了中里。

遠去的正一生死未卜，或許再也不會回來了。相守於與外界斷絕音訊的荒島，和子與中里只能彼此扶持，等待戰事停歇。

如果只是那樣，倒也還好。但和子的慘劇，卻才正要開始——

一九四四年六月十二日，一艘鰹魚漁船被美軍擊中沉沒。船上共有十名日本軍人和二十一名隨軍船員，共三十一名男性，拚死游向安納塔漢島。

不承認戰敗的流亡日軍

面對久未見過的日本同鄉，和子與中里熱情地迎接了他們。

但，隨著時間流逝，島上的物資逐漸用盡：家禽陸續吃完，衣服也日漸破爛。眾人於是集思廣益，靠著獵捕島上的動物與漁獲，外加釀造椰子酒，逐步解決飲食問題。而在衣著上，由於島上氣候炎熱，人們逐漸習慣以簡單的布料粗略遮掩重點部位的方式生活。

因為互助合作，剛開始的一年裡，日子也還算風平浪靜——唯一的問題是，由於衣著變得越來越清涼簡便，人們非常容易清楚看見和子年輕的身軀。這對一群被迫流落在外、年輕氣盛的男人來說，無疑是越來越難以克制的誘惑。

而這一切堆積壓抑的情緒，在日本天皇正式宣告戰敗的那一天，到達臨界點。美軍對島上居民廣灑宣傳單，宣告日本戰敗的消息，要求剩餘的日軍投降。

由於長期被灌輸天皇是神、日本是不敗帝國的思想，島上的軍人無法相信，日本居然在他們看不到的地方屈辱戰敗。他們議論紛紛，認爲這是美軍的詭計，因此不願出降，決定死守安納塔漢島。

島上殘存的原住民紛紛跟著美軍離開了。最終，詭異的失衡局面終於發生——一座小小的荒島上，聚集了三十二個飢渴、憤怒、不肯離去的男人，與一個手無寸鐵的女人。

你們，不可玷汙新娘

嚴重失衡的男女比例，讓島上的氛圍越趨緊張。就在這時，較年長的男性出面主持公道，希望中里與和子能在大家面前舉行結婚儀式。

這其實是一種表演，讓在場所有的男性意識到，和子已經是「別人的妻子」，不可以濫加褻瀆。爲了保護自己的安全，和子同意了。

於是，在三十一名男性的見證下，和子與中里結婚了。這讓島上幾近沸騰的情緒終於得以平復一些——雖然遠在化外之地、沒有法律的束縛，但人們依然希望藉由心中的那把尺，保有最後一絲人性。

但，這假象般的平和，終究因爲一場意外而被殘忍攻破。

兩把顛覆秩序的槍，與恐怖的王

大概又過了一年，在炎熱的夏日裡，人們在島上發現了墜毀的美軍轟炸機殘骸，其中有四把手槍和九十發子彈。男人們依靠過往的經驗，將其中兩把槍修復好。

但，在修復好的那一刻，秩序，便隨之崩解了：

在這遠離世界、無法可管的蠻荒之島，誰能握有手槍，誰就掌握了衆人的生殺大權，成爲這座島上的「王」。瞬間，毛躁飢渴的男人終於難掩內在厭抑已久的獸性——握有手槍的那兩人，毫不猶豫地衝入和子與中里居住的小屋，強迫和子就範。

面對迫在眉睫的死亡，和子完全不敢反抗。於是，那天起，和子淪爲這兩人的玩物，受盡肉體凌虐。

我們無法想像在那樣暗無天日的日子裡，和子過著什麼樣的生活——更痛苦的是，因爲懼怕被殺，文弱的中里，最終決定完全讓出和子，不再當她名義上的丈夫。

隨著「雙王」的強權日漸鞏固，島上開始出現詭異的死亡事件：凡是這兩個男人看不順眼、膽敢覬覦和子的人，就會遭到槍殺。日漸壓抑而恐怖的氣氛，讓其他男人籠罩在難以克制的怒火之中。

而這最終，引發了一場「政變」——人們起而造反，殺死兩個「王」。

但，這並沒有改變什麼，因爲奪得兩把手槍的另外兩人，再度強占了和子，自立爲王。

周而復始的，爲了爭奪和子的肉體，男人們在這島上展開了一場場腥風血雨的鬥爭與殺戮。沒有參加爭鬥的人心知肚明，卻又佯裝不知，彷彿這樣便能活在假想的和平世界，繼續當個純樸的島民。

於是，在長達兩年的多次「政變」後，這座曾經和平的島嶼上，竟死了九個男人。

丟下槍吧，男人說

面對大量的死傷，剩下的二十三名男性，爲了維繫最後的和平，決定開會研討對策。在商量後，他們認爲，萬惡的根源，來自於那兩把手槍。

「丟下手槍吧。」

男人們這麼達成協議。

「丟下槍，我們就能恢復平和的生活。」

於是，他們將手槍拋入海中，同時請和子選一個喜歡的人「結婚」，藉以勸退衆人的欲念，不要再爲了和子爭鬥。

當手槍落入滾滾波濤，和子或許以爲，一直以來的恐怖與爭鬥，終於能夠就此平息。

但是，恐怖依然沒有止息，死亡與暗殺再度出現——暗夜裡的突襲、爭鬥、嫉妒，仍圍繞著和子而來。即使已經沒有物理上的槍枝，但男人們心中獸性的欲望已經上膛，只待扣下扳機，便準備撕開最後的人性，露出猙獰的面孔。

待大家猛然驚覺，這座島上原有的三十二個男人，竟只剩下十九個。

必須找出原因。男人們再度思索起來：到底是什麼造成我們互相屠殺？最終，他們找到了——

是和子。

因爲這個魅惑衆人的邪惡存在，讓我們難掩心中的欲火。只要解決她，我們應該就會再度獲得平安祥和了吧。

於是，在爭奪了五年之後，男人們決定，殺死那個讓衆人魂縈夢牽的唯一女性，殺死和子。

殺死和子吧，男人說

面對即將到來的殺戮，和子渾然不知。但，其中一個迷戀她的男人受不了良心譴責，偷偷地在暗殺前一天，告訴和子這個消息。

驚恐的和子，於是連夜逃入島嶼的深密叢林裡。

在那酷熱、暗無天日、恍若煉獄的蠻荒叢林裡，一名女子，憑藉著僅存的求生本能，瘋狂竄逃於樹影與樹影之間，躲避那些男人的追殺。那些曾經渴望她卻又凌辱她，深愛她卻又決定殺死她的男人，因爲無法面對內心殘暴的猛獸，轉而將錯誤指向了她。

「他們找到我了嗎？」

半夢半醒似的，和子在日夜顚倒的叢林間或睡或醒地躲藏著，稍微一點動靜，便會讓她嚇得悚然驚跳。

「他們，要來殺我了。」

無止盡的暗夜噩夢裡，她總會看到那些男人——活著的或死去的——三十二雙貪婪的眼睛，在漆黑的暗影間，直直瞪視著她，準備將她殘忍侵害，而後開膛剖肚。

「我們找到妳了。」

「我們要侵犯妳，蹂躪妳，然後殺死妳。」

在叢林躲藏一個月後，意識逐漸模糊的和子，驚喜地看見不可思議的景象——岸邊竟停著一艘美軍軍艦。

她用盡最後的意志，對軍艦瘋狂吶喊呼救。很快的，美軍前來救援，帶她離開這座囚禁她六年的死亡之島。

獸欲和奴隸，魅惑男人的女人

在歸國後，和子告知國民，至今仍有十九個日本人還在安納塔漢島上，不知道戰爭已然結束。那些人的家屬紛紛寫信，空投至島上，希望勸服島上的男人相信，這並非美軍的騙局——這世界，真的已經沒有戰爭了。

和子歸國一年後，島上的男人們才終於被說服，搭上美軍的救生艇，返回日本，結束荒謬而血腥的島嶼生活。

如果，我們看的是湯姆．漢克的《浩劫重生》，那麼故事或許會就此走向快樂結局。但在這些男人回到日本後，各種疑問隨之浮現：國民議論紛紛，不了解為什麼三十二名男性，最後只剩下十九人存活。於是，在和子與多名男子各自表述下，人們逐漸拼湊出他們所經歷的點滴生活。

太噁心了。

那個女人居然跟三十二個男人上床嗎？

簡直就是性奴。

不，簡直就是女王蜂嘛！

對待一個這樣歷劫歸來的女子，社會的眼光，並不盡然充滿善意。人們不是投以輕蔑鄙視的眼神，就是抱著桃色獵奇的心態，想聽聽她「大戰三十二人」「讓男人爲她爭風吃醋」的豔情過程。

「安納塔漢島女王」「擁有三十二個面首的女人」「女王蜂」「獸欲和奴隸」「魅惑男人的女人」……各式各樣的封號加諸在和子身上。她成名了，但並不是全然正面的形象，更像是一個被恥笑的小丑。

一九五三年，她親自演出電影《這就是安納塔漢島的眞相》，在國際引起話題。但在國內，人們失去新鮮感後，便不再願意看到她出現於螢光幕前。

出於生存的意志——畢竟，她曾是那個在死亡威脅下，依然堅忍存活下來的女子——和子只能前往東京，當一名脫衣舞孃。

逃離了蠻荒叢林，迎接和子的，卻是殘忍的都會叢林——是的，不再有拿著手槍的獸欲男子，但大眾媒體與社會輿論，卻依然如同猛獸般，貪婪地窺視著和子的肉體，嘲笑她求生存的各種掙扎與努力。

孤獨的和子，無冕的女王

三十四歲那年，不再眷戀人群的和子，嫁給一名離過婚的男性，開了一間小店。但，沒過幾年，丈夫便過世了。

在那之後，和子始終獨身一人，直到因腦腫瘤逝世爲止，享年五十一歲。

關於和子的事件，後世多稱爲「安納塔漢島女王事件」。

在多年以後，仍有許多創作者，以此事件爲本進行創作：在日本，知名女性作家桐野夏生，寫了小說《東京島》；而在臺灣，歌手蔡依林創作了歌曲〈你也有今天Karma〉。

不同於當時媒體的貶低與嘲諷，多年後，人們開始以不同的角度，觀看和子的「女王」稱號——在當時，「女王」是暗指她獻身給多名男性的受虐處境；而現在，她被稱爲「女王」，是因爲她頑強的求生意志，嘗試在一個暗無王法的世界裡活下來，不被痛苦與殘暴所吞噬。

那是她的求生法則，而她也眞的因此獲救。

即使她換來的，是一生的孤獨、鄙視，與遺忘，那仍是她的成就。

致和子，那個沒有冠冕的孤獨女王。

「肉蟻的邊緣碎碎念」

反烏托邦的瘋狂王國

在讀這個事件的時候，你腦海中是否會想起幾部知名的作品？

例如，威廉·高汀的《蒼蠅王》：一群漂流到荒島上的小孩，為了爭權奪利，最終陷入瘋狂的相互爭鬥與殺戮。

或是李奧納多所主演的電影《海灘》：一群夢想在荒島建立理想王國的嬉皮青年，卻因為渴望維持和平幻象，不惜爭鬥，甚至差點引爆殺戮。

這些作品，其實都帶有「反烏托邦」的色彩：

相較於人們追尋「烏托邦」「理想國」「桃花源」的幻想，反烏托邦主義者，認為人類所建立看似完美的世界裡，必然有其瑕疵與漏洞。因此，反烏托邦故事往往建立在「為了維持統治者想像中的理想美好，而以強權控制人們的自由及權利」。

在科幻故事中，這種主題時有所見：不論是經典的《一九八四》《美麗新世界》，或是現代人們熟知的《飢餓遊戲》《移動迷宮》等等。

但，反烏托邦並非幻想的產物，而是奠立在真實人性上的結果——大至極權國家的誕生，小至安納塔漢島以兩把手槍所建立的「王國」，其實都是為了創造某種平衡世界，而誕生的恐怖政權。

在這樣的世界觀裡，認為人性難以壓抑貪婪與獸性，因此當人們被放逐到毫無法律規則的世界，並能依自己的意志創建新秩序時，人們終究會忍不住走向集權與爭奪的道路，並在過程中殺掉「礙事的邊緣人」——可能是阻擋自己侵犯女性的絆腳石，也可能是造成自己色欲薰心的女子。總之，只要是造成這個世界崩解的元凶，統治者便會無情除去。

正是人類這項難以滌除的可怕劣根性，導致幻想中美好的烏托邦永遠不可能存在。

路西法效應：魔鬼的從眾效應

而在心理學觀點裡，島上男性之所以能配合荒謬的社會秩序生存，甚至徹底泯滅人性、彼此殺戮，並一致決定殺死和子，其實都是基於「從眾效應」：當有人先做出一項舉動時，即使是錯誤的行為，只要有人隨之起舞，就會有越來越多人跟著這麼做。而後，群衆便不會再視這個舉動為錯誤的。

事實上，在網路發達的現代社會，人們普遍都活在從衆效應中：網紅登高一呼，叫大家 diss 某個討厭的對手，網軍便蜂擁而上、灌爆對方的粉專；媒體只要下個聳動的標題，說某店家很夯，立刻就有群衆跟著盲信搶購。

關於從衆效應最著名的人類實驗，就是史丹佛大學心理學系於一九七一年進行的「史丹佛監獄實驗」：

實驗安排了二十四名身心健全的男大學生，一半的人扮演囚犯，另一半則扮演獄卒。然而原本相敬如賓的兩方，卻在「獄卒」發現可以任意妄為折磨「囚犯」後，逐漸失控：「獄卒」紛紛做出越來越殘暴的虐待，讓原本預計持續兩週的計畫，僅執行了六天便被迫中斷。

明知道不可以，明知道這是錯的，但當大家都在這麼做的時候，你就不覺得這是錯的了。這個宛如「惡魔」般的從衆心理，被史丹佛監獄實驗主持人菲利普・金巴多（Philip Zimbardo）稱為「路西法效應」。

在暗無天日的安納塔漢島上，當人們拋下理性，展現獸欲之時，即使心中知道這是錯誤的，彼此卻依然接二連三地展開鬥爭、殺戮。那正是真實的「史丹佛監獄實驗」，喚醒每一個人心中最猙獰的路西法。

如果，有別的可能

但人性真的沒有別的可能嗎？我們注定會如同《蒼蠅王》般你爭我奪，或如安納塔漢島那樣，陷入弱肉強食的世界嗎？

在這裡，我還是想提供一個正向的可能。

荷蘭歷史學家布雷格曼（Rutger Bregman）在讀完《蒼蠅王》後，好奇若真的把一群孩子丟入荒島，有沒有可能仍保有溫暖人性？在遍查多方資料後，他發現一篇六〇年代刊載在澳洲報紙的新聞，報導了六名少年，因意外從東加王國漂流到荒島，並度過十五個月的故事——重點是，他們和平而溫暖地互相合作，沒有爭鬥，也沒有殺戮。

食物不夠時，他們約好彼此均分；有人受傷時，他們互相協助。依據後來援救他們的船長證詞指出，少年們在那座島上建立了一個小型的互助社區，裡頭有菜園、拿來儲存雨水的空心樹幹、一間體育館、羽球場、雞舍，還有永遠不熄的火。

雖然，悲觀一點想：

少年沒有彼此鬥爭的原因，或許是因為島上沒有一個「夢寐以求的和子」，足以讓他們爭風吃醋，更沒有「掌控生死的槍械」，讓他們開啓殺戮開關——

但或許我們還是應該樂觀一點地相信，人類，仍有可能守住那個界線，不讓內在的路西法被召喚而出。

10

非男非女的「妖孽」：清朝狐仙的真實人生

清朝嘉慶十二年（一八〇七年），中國北京近郊，不尋常的氣氛在市集裡蔓延——男女老幼正爭先恐後互相推擠，尋找著人群核心之處、那個被稱爲「妖孽」的罪犯。

「出來了！那個妖孽出來了！」

在衆人眼前，官兵拽著傳說中的「妖孽」登場了。然而，這妖孽沒有三頭六臂，更沒有駭人的五官；相反的，是個蓬頭垢面、渾身顫抖的瘦弱女子。一身破爛的囚衣沾滿泥濘與血汙，脖子上還套著重達二十公斤的木製枷鎖，幾乎要將女子壓垮。

在衆人的咆哮與訕笑下，女子一拐一拐地被推倒在市集中心。迎接著女子的，將是絞刑。在這最後的時光裡，她試著睁大一雙細長的眼睛，注視著環繞在她身邊、帶著好奇目光的芸芸衆生。

那就是她在人間最後的記憶了。做爲清朝年間一個小小的鄉野怪談，她，是歷史上眞實被官方捉捕的現世之妖；或者，以更通俗的說法來說：**人妖**。

是的，「她」，是個性別不明的存在體。三十四歲的「她」，一直以來都以女子的形象生活，並嫁爲人妻、在鄉里間以算命爲生。「她」的拿手絕活，是召喚狐仙附體，替人占卜治病。直到官兵闖入「她」家偵查時，才赫然發現，這名面目清秀的年輕人妻，竟是男兒身。

當地鄰里對「她」所知不多，只知道其名爲「邢大」。當繩索套上「她」細瘦的脖頸時，「她」的一生，開始在眼前呼嘯而過。而那，是遠比鄉野奇談更玄奇詭譎的人生。

我，本是男兒郎

走出宮廷劇的精緻古裝幻象，清朝的庶民生活，宛如一幅殘忍的人間繪卷：經濟水準低落的老百姓，人生最重要的事，不外乎求生存。好一點的，出賣苦力便能換得溫飽；身世清寒的，就只能淪於偷盜。道義是上流人的浪漫，不屬於三餐不繼的小老百姓。

對邢大而言，生命，更是格外殘酷。

清朝乾隆三十八年（一七七三年），在河北省任邱縣，名爲邢大的男孩誕生了。多舛的命運，自幼便糾纏著他：八歲時，父親便去世了，清苦的孤兒寡母於是前往北京謀生，但最終換來的，竟是母親的過勞病逝。

對一個年僅十一歲的孤兒而言，他能做什麼呢？沒什麼，就是先活著；眼前迎面而來的機會，則是一個名爲「洪大」的男人。在洪大的介紹下，邢大前往北京城東的靴鋪擔任學徒。對幼小的孩子來說，這工作並不輕鬆，但至少還能換來一個有屋簷的地方，供他吃宿安歇。

他沒想到的是，這看似安全的避風港，竟是人生夢魘的開始。

做爲一介庶民，不如帝王將相有畫師伺候，因此我們很難藉由畫像窺見邢大的相貌。但，透過衆多資料，我們約略可以得知：他生得極美，有張眉清目秀的臉龐與纖瘦的身材。然而，這相貌對一個無依無靠的孩子來說，無疑是致命的——進入靴鋪後沒多久，他便引來其他學徒覬覦。終於，一個名叫李四的學徒，趁著無人注意時，侵犯了他。

當時的他，是否曾奮力反抗，或是咬牙承受暴行？是否有誰知道他的無助，或是看見他躲藏起來痛哭？所有的一切，都隱匿在時間的長河裡，無人知曉。我們只知道，侵犯不只一次，而是很多次，很多次，很多次。靴鋪裡的男人全是共犯，他們與李四輪流玩弄著這個無父無母的孩子。

邢大並沒有逃跑；或者該說，他哪也逃不了。世界對這柔弱的孩子無比殘忍，他沒有做苦力的力氣，更沒有豐沛的學識，唯一擁有的，只有天生的美貌。

漸漸的，他發展出獨屬自己的求存方式：做一個美麗的依附者，與衆多男人發生關係，以換得一點溫飽，一點近似愛的溫度。這成爲他的生存之道——扮演一名嬌弱者。

無奈，成了女嬌娥

十八歲那年，出落得俊美清麗的邢大，被介紹他當學徒的洪大看上了。洪大喜愛他姣好的相貌，於是決定將他接回家中，正式結束邢大流連於靴鋪男人間的歲月。

但要換得新的安身之處，必須付出點代價——洪大要求邢大留長髮、穿女裝，徹徹底底化身爲一個女人。如此一來，洪大才能名正言順地把邢大納爲小妾。

這看在現代，無疑是一種權勢性侵。但在那個年代，如此清苦的身分困境之下，把自己化身爲女子、獻出肉體，便能換得溫飽與住所，對邢大而言，無疑是不錯的「互惠交易」。

至於愛情？那樣的浪漫，並非邢大能夠選擇的。

於是，從那一刻起，做爲男兒郎的邢大，消失了；而身爲女嬌娥的邢大，正式入住了洪大的家。一雙曾學過鞋匠功夫的纖纖玉手，做起了女紅紡織，倒也是有模有樣。久而久之，「她」過往的身分不再被記憶，街坊鄰居開始相信，洪大家裡住的，眞是位嬌俏的年輕小妾。

出嫁日，安能辨我是雌雄？

但，這份看似安適的家居生活，卻在嘉慶七年（一八〇二年）時，變了調。

那一年，洪大染了惡疾，接連吐血，家中的經濟隨之下滑，無法再提供邢大吃住。但到底也生出了感情，洪大並沒有直接將邢大趕出家門，而是託人說媒，騙外人說邢大是自己的小妹，想找個丈夫出嫁。

在多次交涉後，二十九歲的邢大，嫁給名為劉六的男子，並讓洪大賺了銀錢二十五吊。新婚之夜，由於邢大扮裝已過十年，早習慣女裝的妝容與語氣，舉手投足都宛如女性，劉六並未發現有異。於是，一場雌雄莫辨的夫妻生活，就此展開。

日日夜夜，我們無一日分離

若真要說，這場婚姻，最初的確是場買賣。劉六買女人延續香火，而邢大找男人安身求存，互相共生利用。在那個自由戀愛並不存在的時代裡，這種看似無情的交易，反而是常態。

只是，這場交易注定是場騙局，因為邢大並不具有生育能力。久而久之，劉六發現了妻子隱藏的祕密。害怕失去居所的邢大百般哀求，答應劉六，會想辦法外出工作貼補家計，只求別將自己逐出家門。而劉六，竟這麼答應了。

在現存的資訊中，劉六本人的證詞極為稀少，最多只能在官府審判邢大的檔案中，看到一句簡單的描述：

「邢大哄誘劉六日後與其夜夜姦好，並無一日分離。」

在那個年代，血脈的延續極爲重要。無分庶民與貴族，婚娶最終目的不是愛情，而是留下子嗣。凡是會導致家族絕後的行爲，都被斥爲不孝。然而，藉買賣獲得妻子的劉六，卻沒有因爲這是樁詐騙，而將邢大逐出家門、另外再娶。這在當時，無疑是詭譎難懂的行徑。

在世人眼裡，是邢大這「妖孽」的花言巧語，蒙蔽了劉六。但若剝除世俗的眼光，在文獻之外，我們或許可以看見一點非官方的溫度——隨著時間流逝，劉六與邢大之間，或許眞的生出了某種感情：或許是依賴，或許是默契，或許是習慣；也或許，眞有那麼一點點，近似愛的什麼。

而那足以讓劉六甘願擔上不孝之罪，也要將邢大留在身邊。

日日，夜夜，日子一天天過去了。在這殘酷的世界裡，不尋常的小夫妻，過起世人無法理解的歲月靜好。在平凡的日常裡，他們如同街坊常見的夫妻般，同盥洗、餐宿、談天、勞作，靜靜看著彼此一點一點變老。

從結婚那天開始，六年來，他們並無一日分離。

現世狐仙，靈通於人間之外

爲了幫劉六貼補家用，沒有特殊學識的邢大，想到的方式便是：聲稱自己可以靈通狐仙的旨意，並讓狐仙附身，替鄉里消災解厄。

在清朝年間，狐仙信仰極為盛行，每當百姓遇到難以理解的玄妙異事，多半會視為狐仙作祟；而容姿秀麗的邢大，召喚起狐仙可說是活靈活現，妖異的美貌，宛若狐仙親臨人間。鄰里逐漸相信，這漂亮的婦人身懷異能，能通曉狐仙的語言。

看在劉六的父母老劉與張氏眼中，邢大的靈通，是難以理解的瘋言瘋語，最終把公婆嚇得搬出家門。沒了長輩的監控，小夫妻兩人，便更加認眞經營起「狐仙事業」。

邢大經常做的法術，是舉香在信徒頭上繞三圈，而後給病人一些薑藕、白糖做為藥方，以達消災治病的功效。看在現代人眼中，或許會被稱為神棍，但在那人與神共處的迷信年代，邢大的存在，其實身兼了心理與病理的雙重功效——畢竟，生活多的是難解的苦，信仰的力量，對惶然無措的困苦百姓而言，至少能帶來一點現世以外的安撫與寄託。

隨著名氣漸響，邢大在北京成了傳說中的奇人，而「她」也從貧寒的孤兒、任人魚肉的依附者，變成受人愛戴的信仰核心。在人間，邢大的安身之所無法被世人所理解，但在靈幻的迷信世界裡，背離一切凡間通則的「她」竟找到了自己：一個非男非女、存活於現世的狐仙化身。

然而，在嘉慶年間，由於天理教（清朝祕密宗教，為白蓮教分支八卦教的一派）聲勢漸大，官方對民俗信仰逐漸抱持不友善的態度，陸續對各地迷信團體進行懲處與逮捕。因此，邢大的靈通，雖為「她」召喚了名聲，最終，卻也招來了殺身之禍。

做不成神仙的，皆成妖孽

嘉慶十二年三月十七日，官方以邪大妖言惑衆爲由，將「她」逮捕歸案。在刑求過程中，他們赫然發現：這名三十四歲的少婦，竟是個男人。

消息一出，人皆譁然——諷刺的是，尋常百姓所信奉的觀世音與狐仙，明明也是可男可女的存在，然而當現世中出現了橫跨性別的存在時，人們卻無法視之爲神仙，反倒斥爲「妖孽」。

此等妖孽，應當立即處死

官方與百姓口徑一致，皆要將邪大定罪。然而，荒謬的是，依據大清律法，「男扮女裝，依律無罪可治」。簡而言之，一個人非男非女，在法律上，並沒有犯任何罪。但，即使人間的律法無法治「她」的罪，人間的歧視卻可以。在官方百般商議，以及民間的施壓叫罵下，官府最終以「師巫假降邪神煽惑人民」之罪，判處邪大絞刑。

在現存的資訊裡，我們其實不知道，邪大確切的處刑地點位於何處；我們也不知道在最後時刻，「她」到底是聲淚俱下拚死抵抗命運，或是靜默面對生命的終局。

邪大的屍首葬於何處，無人知曉；與「她」無一日分離的劉六，更不知下場如何。到頭來，人們儘管喜愛狐仙的傳說，卻無法愛上現世裡非男非女的眞實狐仙。邢大的故事，成了一樁獵奇的清朝奇案，宛如聊齋怪談，人們在茶餘飯後談起，莞爾一笑，而後，便雲淡風輕。

終究，不符合人間規律的邊緣人，皆成妖孽。妖孽的愛恨嗔癡，都與人間無關，世人不在乎他們的生死，更不為他們掉下一滴眼淚。

無法單純視之為同性戀，更不是自願的變裝者，邢大的一生，多數時刻，都是為了求存而扮演成某人。邢大眞心喜愛身為女性的自己嗎？「她」是否曾想重新做回男子？邢大又曾否眞的愛過誰？或到頭來，一切只是為了活下去？

一如怪談，這些問題，都將成為隱匿於人間的謎。我們反覆談論著那些被殺死的「妖孽」傳說，但到了故事結局，凡間的我們終究無法參透，妖仙心裡暗藏的美麗，與哀愁。

【肉蟻的邊緣碎碎念】

狐仙，巫術，與邊緣人

中國的狐仙信仰，最初源自於先秦的「狐神」。早期的狐神象徵祥瑞，古人相信牠們天生具有神力，能降下災厄，也能賜予祝福。但隨著道教在民間逐漸盛行，「仙」的概念開始深植人心。不同於遠在天邊的玉皇大帝這類「天生勝利組」神明，「仙」代表的是：藉由自身努力修煉，讓自己具有法力的存在。無論是流浪漢、弱女子，甚至動物猛獸，都有機會藉修煉成仙，這對生活困苦的老百姓來說，更顯得親切。

也因此，傳說中高高在上的狐神，逐漸轉變成與人民同處人間的狐仙。形象也由神獸，轉為《聊齋》與民俗信仰中，時時幫助庶民的親民傳說。

這種信仰概念的轉變，其實反映出大象深藏心底的集體潛意識：對人間階級不公的憤慨。在帝皇專制時代，唯有貴族才能享有安樂生活，下層的邊緣人，只能在飢寒中苦苦掙扎；稍有不慎，甚至會被權貴蹂躪屠殺。而庶民唯一能做的反抗，便是信奉較親民的小神小仙，藉此在靈界的迷信世界裡，獲得翻轉階級的安慰。這也是為什麼百姓的生活裡，比起玉皇大帝，狐仙、土地公等小神小仙，更受歡迎的原因。

而在儀式上，也透露出底層邊緣人扭轉地位的悲願：由於狐仙的形象多以具魅惑性的美女呈現，因此多半是由女巫召喚狐仙附體。這在無形中，其實讓社會裡大門不出二門不邁、沒有受教權的底層邊緣女性，擁有了一個被社會認可的身分。

但這種「由神轉仙」的狐仙形象，卻同時更加強對邊緣族群的矮化：在文人雅士作品中，時常以「狐仙」指稱禍國殃民的美女。失去了「神」的神聖性，狐仙因此成為一種「親民但低俗」的存在，雖受膜拜，卻又面臨被斥為「妖孽」的命運——正如同受鄰里喜愛，最終卻被斥為妖孽的邢大一般。

人妖之間，男女之外

「人和妖精都是媽生的，不同的人是人他媽生的，妖是妖他媽生的，人和妖是沒有本質的區別的。一個妖一旦有了人的感情，那他就不是妖了，是人妖。」

嗯，我知道忽然搬出《大話西遊》裡唐三藏的經典臺詞，好像有點煞風景；但如果仔細思考，便可以發現，在這看似詼諧的話語中，隱含了華人圈對於「人」與「妖」的奇妙概念：

妖與人，看似不同，但本質是一樣的：都有情感，都有媽（廢話）。

這段話為什麼會讓你發笑？因為在華人的語意中，「人妖」隱含的意義其實是「非男非女」的非單一性別人類。

簡而言之，在華人的民俗宗教概念裡，妖仙精怪這些看似奇幻的「非人」，其實都暗示著某種「人」。由於他們／她們看似與常人不同，因此用「怪」「妖」等詞彙去稱呼——例如，邢大這樣男女性別模糊的人，就會被自詡正常的人以「人妖」稱之。

不知道大家對《聊齋》有什麼看法？只要仔細思索，便會發現「狐仙」與「妖孽」，其實都在隱喻某個被社會排斥的邊緣人——怨恨的女鬼，其實是受虐慘死的無名小妾；媚人的狐仙，可能是某個有絕世美顏的美人男寵。她們／他們因為行為、思想、外貌或性向與「世間正道」不同，遭到凌辱、驅逐、屠殺，成為框架之外、沒有名字的妖異存在。

但，性別模糊，並非天生之「罪」。在人類學研究中可以發現，上古中國與許多部族文化裡，非男非女反而是巫師的神聖特徵。舉印尼布吉族為例，他們稱呼兼具兩性特質的人為「碧蘇」（bissu），並認為他們的性別模糊特質，正是可與神溝通的神聖之處。在臺灣與南島語系的原住民文化裡，也都有「性別模糊、男扮女裝」的巫師文化。

只是，隨著禮教的流變，某些國家的性別模糊者被汙名化了。生在清朝的巫師邢大，失去上古巫師的崇高地位，而被矮化為「妖」；猶如從狐神被百姓矮化後的狐仙，只因為社會觀感不同，曾經的神聖雙性者，如今卻成了妖異。

來到現代，隨著社會的進一步轉變，對於LGBTQ邊緣族群人權的重視再度興起。如今，打破性別疆界的人們陸續為自己正名：例如，曾演出《全面啟動》的艾倫．佩姬（Ellen Page），出櫃為跨性別者，宣布改名為中性的艾略特．佩姬（Elliot Page），更將自己的代名詞改為he與they，象徵自己不再只有單一性別的自我認同。《牛津大詞典》更推廣以去性別代名詞「ze」，提供he和she以外的自我代稱。

若生在如今的時代，邢大會是一個什麼樣的人？他會擁抱自己的跨性，或選擇其中一種性別呢？我們不得而知。

我只希望，無論人間如何冷眼，那些如邢大一般隱藏於人間的現代「狐仙」們，都能以自己的方式定義自己：毋須神聖，更非妖孽，在男與女的框架之外，找回獨屬自己的安身之地。

Ignaz Semmelweis
the conviction that such a time
must inevitably sooner or later arrive
will cheer my dying hour.

11

洗手的人，與他的寂寞一生

十九世紀末的七月盛夏，奧地利維也納市區，一位剛滿四十七歲的匈牙利醫師，正被自己的多年老友：費迪南德（Ferdinand Ritter von Hebra）帶到一所「新學院」參觀——至少，他是這麼被告知的。

「放心吧！老友！相信我！那邊的人絕對會很熱情地歡迎你，以及你那引領時代的『新理論』！」

坐在前往目的地的馬車上，有著渾圓臉孔與微翹八字鬍的費迪南德，正以歡樂得有些異常的語氣，比手畫腳地對這位匈牙利醫師說著。與費迪南德渾圓健壯的體型相反，一旁的匈牙利醫師顯得有些萎靡：頭髮蓬亂、面頰凹陷，濃厚的黑眼圈框著一雙布滿血絲的雙眼，衣著也邋遢髒汙、滿是酒味。

但，即使如此，他依然滿懷希望地睜大雙眼，望著費迪南德，問：

「你眞的這麼認爲嗎？」

「當然！我之前不就有幫你出過期刊嗎？相信我吧！老友！」

費迪南德的聲音有些顫抖，但匈牙利醫師並沒有發現。閉上眼，匈牙利醫師露出一抹淡淡的微笑，回憶起多年前的自己——是的，他想起多年前，自己曾經無比年輕，穿著得體的醫師袍，是個充滿前途的婦產科醫師。那時的他，無意間發現了一個跨時代的「理論」，並熱切地與好友——皮膚科醫師費迪南德分享這個發現。

那時，費迪南德也如同此刻般，手舞足蹈興奮大喊著：「朋友！你眞是個天才啊！」不在乎維也納醫學界的冷眼，費迪南德在維也納醫學期刊上爲他推廣了這項「理論」，並認眞地向醫界宣布：「我這位匈牙利好友的大發現，就跟愛德華．詹納（Edward Jenner）引入牛痘接種、預防天花一樣，是相當重要的醫學成就！」

但是、但是、在那之後……

憂鬱的表情在匈牙利醫師的臉上浮現。而沒待他回過神，搖晃的馬車已經悄然而止。

「到了喔，我的好友。」

費迪南德的笑容僵硬，語氣帶著不自然的顫抖。匈牙利醫師望向車窗外，迎接他的並不是充滿朝氣的學院，而是一幢陰森森的圓柱形建築。一群人正全副武裝站在門口，手拿拘束器具，對車內的匈牙利醫師露出詭異的笑容。

「……這裡是哪裡？」匈牙利醫師回頭望向費迪南德，那個他信任多年的好友。匈牙利醫師曾相信：即使全世界都拋棄了自己，費迪南德還是會站在自己身旁。

「原諒我，我的朋友……」費迪南德的笑容瓦解了，取而代之的是盈滿眼眶的淚水：「我是爲了你好，你、你需要幫助啊……」

匈牙利醫師驚恐地大叫起來。大批人馬打開車門，猛然將他拽下馬車。匈牙利醫師瘋狂扭動著，接著奮力踹倒幾個人，試圖轉頭逃跑；但沒跑幾步，便被按倒在地，牙齒嗑在堅硬的地面，劇痛讓他眼前一白，連帶著嘗到滿口鐵鏽般的血腥味。

眾人蜂擁而上，一頓毆打踢踹，直到他再也無力動彈，只能倒在地上發出虛弱的悲鳴。接著，人們強行將束縛衣套在匈牙利醫師身上。在他模糊的視線裡，好友費迪南德，仍無力地對他大喊：「加油啊！好友！我相信你可以撐過去的……」

於是，一八六五年七月三十日，曾經的匈牙利醫師，成為一名精神病患，被關進惡名昭彰的「維也納瘋人塔」（Narrenturm）。這座圓柱形的恐怖建築，共有一百三十九間牢房，被視為精神病患的人們，會被銬上鎖鏈，宛如畜牲般，鎖在一間間暗無天光的拘禁室中，「表現不佳者」，甚至必須坐上電椅接受「致命電療」。

當渾身瘀傷的匈牙利醫師，被工作人員架起手腳，強行拖入病院時，他唯一能做的最後一點反抗，就是仰頭望向天空——那將是他最後一次看到陽光。

過了兩週，經歷無數的毒打折磨，他死了。

但是，你相信嗎？

這位匈牙利醫師之所以淪落於此，僅僅因為他提出了一項「理論」——一個如今看來，幾乎可說是微不足道的理論，最終卻讓他被判為精神病患。

那項理論，就是「洗手」。

十九世紀，當醫院還是死亡之屋

離現在不過一百多年前，世界，還不是如今的模樣：

在那個年代，世人還不知道「細菌」的存在，而救治傷患的醫院，也毫無衛生概念——事實上正好相反，當年的醫院，宛如大型的細菌溫床。髒亂不堪的病房中，病人的尿液、血水與嘔吐物四處噴濺，無人清理；來不及處理的大量病患遺體，堆滿了各個房間；而理應乾淨清潔的醫師們，更毫無消毒用具與雙手的概念。很多醫生甚至在解剖過大體後，隨手將血水在衣服上一抹，就直接開始爲活生生的病人進行外科手術。

可想而知，在如此不衛生的狀態之下，病患的死亡率極高。惡劣的衛生條件，讓當時的歐洲醫院，被民衆戲稱爲「死亡之屋」（Death House）——不進去，病患的存活率可能還比較高。

直到那位匈牙利醫生出現，才徹底改變了整個世界。

被排擠的匈牙利男孩

一八一八年七月一日，在匈牙利布達佩斯，一個生活還算富裕的雜貨商人之家，迎接了家裡的第五個孩子——活潑、聰明，還有點淘氣的小男孩。

爸爸靠販賣香料與民生物品致富，媽媽更是地方汽車製造商的千金，男孩從小過著比一般平民舒適的生活。接受了優質的文學教育薰陶，並能說著一口流利的德語，男孩在成長過程中，慢慢養成喜歡思考的個性，並有著比常人更敏銳的觀察力。

長大後的他，原本想成為一名律師，於是在十八歲時離開家鄉，前往當時的知名學府——奧地利維也納大學攻讀法律。

但，有一天，他在一位醫學系朋友的邀請下，參加了一堂解剖課程。不再只是文字上的舞文弄墨，真正拿起手術刀、鑽研人體的神祕構造，擴展了男孩原本的世界觀，讓他擁有完全不同的視野。在他眼裡，比起法院上的攻防辯論，醫學手術，更能深入生命的構造，進而達成救人的目的。

於是，放下律師的筆，換上解剖的手術刀，這名來自匈牙利的男孩，在遙遠的異鄉勤奮學習，終於在七年內獲得醫學博士的頭銜。

沒想到，才華洋溢的他，求職時卻處處碰壁——最大的原因，就是他的「血統」。身為一個匈牙利人，讓他在奧地利醫界備受歧視，比起「匈牙利來的外國人」，維也納醫院更想錄取「來自奧地利的本地優秀人才」。幾次申請維也納的內科與外科醫師職位都石沉大海後，他轉而決定，申請當時不受重視的邊緣學科——婦產科。

當年，婦產科被視為「不怎麼高明的醫學」，原因在於醫界普遍對女性處境不重視：對主流醫界來說，幫女人接生的技術，就連不懂醫術的助產士也能做到，根本不值得最高明的醫師親自出馬。

而擁有優異成績、卻被醫界排擠的男孩，最終只能選擇產科，好實現自己成為醫師的夢想。在多方努力申請後，他被任命為維也納第一診所的產科駐院醫師。「來自匈牙利的男孩」，終於成為維也納市民口中「那個來自匈牙利的醫師」。

醫生，我們寧可在街頭分娩

試著想像一下，你是一位生活在十九世紀、正準備生下孩子的孕婦。你有兩種選擇：去醫院找醫師接生，或是找助產士在家生產。你會怎麼選擇呢？

出乎預料的，當年，多數孕婦寧可選擇助產士，也不敢上診所。

覺得不可思議嗎？但看到以下的數據後，或許就可以明白做出這個選擇的原因：在當年，每一千名產婦中，大約有五名是由助產士接生時，因失血過多而死亡。但如果你前往歐美最頂尖的婦產醫院讓醫師接生，產婦死亡率竟會高出十到二十倍！

這些求助於醫師的產婦，究竟為何而死？毫無例外，全是「產褥熱」（puerperal fever）惹的禍。當產道因生產撕裂時，若剛好遇到未清潔雙手的接生醫師，以骯髒的手觸碰傷口時，便容易產生細菌感染。而在當時缺乏衛生概念的情況下，許多醫師會在解剖完大體後，直接以骯髒的手為產婦接生——結果可想而知：嚴重的感染，導致產婦在嬰兒出生後的二十四小時內，出現劇烈發燒、產道流出腐爛膿液、腹部和胸部發炎膿腫等症狀，最終導致嚴重敗血症，並走進死亡地獄。

眼看死亡率這麼高，人們開始謠傳：一定是醫師拿孕婦做死亡實驗。因此，雖然歐洲各地都設置了產科診所，並提供免費接生服務以幫助貧困女性生產，但孕婦們仍紛紛走避，沒人敢讓「死亡之屋」的醫師爲她們接生。

滿懷雀躍進入維也納第一診所就職的匈牙利醫師，很快便意識到這個可怕的窘境：比起前往第一診所生產，孕婦寧可選擇去由助產士組成的第二診所生孩子。

「拜託！醫師！放我走！我不要在這裡生小孩！放我走！」

每當匈牙利醫師請臨盆孕婦進入診所時，面臨的都是難堪的拼死抵抗——孕婦們不是跪在匈牙利醫師面前乞求、不要進入診所生產，就是找機會逃走，甚至寧願直接在街頭分娩。諷刺的是，這些在街頭分娩的孕婦，存活率還遠比去第一診所生產來得高。

這讓匈牙利醫師極爲憂傷。不只一次，他對身旁的親友哀嘆：「我的存在，簡直就是一文不值。」

千里迢迢離開家鄉，來到這個對他並不友善的城市，只爲完成助人的夢想，卻成爲孕婦心中的「死亡醫生」。這讓匈牙利醫師開始認真苦思：有沒有什麼方式，可以扭轉這個局面呢？

爲了查明原因，匈牙利醫師開始執行各種觀察：首先，他發現第二診所的產婦，即使不幸在生產時身亡，也很少是因爲「產褥熱」而死。他懷疑是第一診所的接生流程出了問題，於是要求兩間診所「對調彼此的接生方式」，結果卻毫無差別：醫師們造成的死亡率，依然比助產士高出數十倍。

隨著實驗展開，院內醫師也開始群起抗議：他們認爲這「新來的匈牙利鄉巴佬」，居然敢質疑維也納醫師的尖端技術，簡直是對他們人格的嚴重汙辱。爲了平息院內的反抗聲浪，高層強行將匈牙利醫師降職，也不准他再質疑產科醫師的技術。

遠在異鄉的孤獨、周邊同儕的冷眼，以及缺乏工作成就感，都讓匈牙利醫師陷入孤立無援的狀態。身邊只有少數幾個朋友，願意聽聽他的想法：例如，熱心的皮膚科醫師費迪南德，以及他相當敬愛的法醫學教授：雅各布（Jakob Kolletschka）。

出乎預料的，答案，竟藏在雅各布的死亡意外裡。

來自大體的「死亡微粒」

就職滿一年後的初春，煩悶又孤獨的匈牙利醫師，決定放個長假，去義大利威尼斯散散心。然而，在旅遊途中，他收到了雅各布的死訊。

「當我得知我相當敬佩的雅各布教授，在我旅途中不幸逝世時，我立刻被巨大的哀傷所吞沒了。」

爲了查明教授的死因，匈牙利醫師趕回第一診所，詳細了解事發經過：

一如往常，雅各布與學生們在第一診所解剖大體，但途中，學生不小心用切割大體的手術刀，劃開了雅各布的手指，留下一道小到幾乎看不見的傷口。隨著時間過去，這個傷口非但沒能癒合，反而引發了一系列的病變——

「雅各布教授的上肢感染了淋巴管炎和靜脈炎……他最後死於雙側胸膜炎、心包炎、腹膜炎和腦膜炎。在他去世前幾天，其中一隻眼睛也有發炎的症狀。」

細心的匈牙利醫師，在觀察了這些症狀之後，發現了一項驚人的事實：這些症狀，都與罹患產褥熱的孕婦十分相似。

負責接生的產科醫師，與雅各布法醫之間的共通點是什麼呢？答案是：他們都曾解剖大體。匈牙利醫師開始推測：或許，在這些死亡的大體上，隱藏著一些肉眼看不到的邪惡事物——匈牙利醫師稱之爲「死亡微粒」（cadaverous particles），與第二診所不用碰觸大體的助產士相比，第一診所的醫生，每天都需要解剖大體，因此沾染了不好的「微粒」，感染了孕婦，導致她們死亡——

那麼，該怎麼去除這些可怕的「死亡微粒」呢？匈牙利醫師藉由反覆實驗，發現使用氯化石灰溶液清洗雙手後，可以有效去除大體的腐爛氣味，因此推論：這種溶液可有效破壞死亡微粒，於是要求第一診所的醫師在解剖大體後，應該使用溶液清潔手部——

簡而言之，醫師們只要好好洗手，在手術前把有害微粒洗掉，孕婦就安全了。

沒有顯微鏡，更沒有完善的實驗器具，僅憑著觀察與推測，來自匈牙利的小醫師，居然在不自覺的情況下，以一己之力發現了領先世界的「細菌」概念。在他的推行之下，第一診所醫師力行洗手消毒，當年產婦的死亡率，立刻下降近九成之多，幾乎等於徹底消滅了產褥熱。

但，這如此簡單，又如此劃世代的發現，卻讓他的命運，從此陷入陰影之中。

啊，多麼討厭的匈牙利人啊

「喔！我的老友啊！你發現的可是一件大事啊！」

身為好友，皮膚科醫師費迪南德，興奮地對匈牙利醫師手舞足蹈起來：

「你必須公布這個偉大的發現！你會震撼整個醫學界！」

相較於只想低調助人的匈牙利醫師，費迪南德顯得更加積極。從一八四七年到一八四八年之間，費迪南德代替匈牙利醫師發表了兩篇醫學期刊，將這個嶄新的概念公諸於世——

令人沒想到的是，迎面而來的，不是光輝的讚譽，而是暴風般的討伐聲浪：

「這個匈牙利佬是在說我們維也納醫師很不衛生嗎？」

「居然把孕婦的死怪在醫師頭上？」

當時，醫學界普遍認爲婦女的產褥熱，肇因於女性體內複雜的體液失衡所致——他們無法接受起因居然可能來自「自己的雙手沒洗乾淨」，這簡直是對他們專業的嚴重汙辱。震怒之下，維也納醫學界對這位來自匈牙利的醫師，展開了無止盡的嘲笑、奚落與謾罵。

最終，在政治的角力之下，匈牙利醫師辛辛苦苦掙來的產科醫師職務，被徹底拔除，維也納醫學界毫不留情地將他趕回了故鄉。

即使回到匈牙利布達佩斯的婦產科，他仍舊以無薪顧問的方式，努力推行洗手的重要，並大幅降低了產婦與兒童致死率。但他的一切努力，只是讓他越來越邊緣化。沒有人相信他，沒有人尊重他，就連他的妻子，都覺得他瘋了。

「爲什麼沒有其他醫師跟進呢？」

「這些醫師難道不知道，不洗手，根本等於殺人嗎？」

即使努力發表了論文〈產褥熱的病因、概念和預防〉（Die aetiologie, der begriff und die prophylaxis des kindbettfiebers），他的學說依然被視爲邊緣的異端詭辯。

一八五〇年代末期，他逐漸陷入嚴重的抑鬱，書信文字與圖畫都開始歪斜扭曲。爲了排解滿腔的不甘心，他開始大量酗酒、流連聲色場所，卻反而讓他的行爲更加乖張惡化——他變得偏執、暴戾、情緒失控，時時扭曲著臉孔，彷彿所有人都是他的敵人。不分晝夜場合，只要看到人，這位匈牙利醫師便會緊抓著他們，喃喃碎念：「你必須洗手，不然你就是殺人的劊子手。」

近代傳記作家K．科德爾．卡特（K Codell Carter）如此形容這位匈牙利醫師的狀況：

「我們無法眞正了解他到底得了什麼病……那可能是阿茲海默症，使他產生認知能力下降和情緒變化的情況；也可能是三期梅毒，這是當時在免費機構檢查數千名婦女的產科醫生常感染的疾病；當然，也可能是過度工作和壓力導致的情緒衰竭。」

他瘋了，人們說

一八六二年，他用盡最後的精力，對整個歐洲醫學界，發表一封公開信，嚴正批判所有不肯洗手的醫師，都是冷漠的殺人犯，為了名譽，寧可忽視科學事實。

「他瘋了。」

「我們必須處理他。」

醫學界對他的想法，由嘲弄轉為厭惡，他們認為這個匈牙利人，絕對是腦子出了什麼「問題」；即使是他的家屬與親友，也不再相信他擁有正常的神智。

於是，時間回到了一八六五年七月三十日，那個早晨。

來自維也納的醫師老友，那個曾經無比相信他、甚至為他在醫學期刊上發表論文的費迪南德，出現在匈牙利醫師的家門前。帶著一臉和藹的笑容，費迪南德拍了拍匈牙利醫師的背，說：「來我們新的學院吧！我們一起研究你的學說。」

我難以想像那個早晨，那一天，對那位抑鬱許久的匈牙利醫師來說，會是多麼風光明媚的一天——他的發現，終於要迎接美好的曙光了。

他絕對想不到結局會是這樣：被五花大綁，丟入暗無天日的監禁室裡，被當成一個瘋子，一個被放逐的邊緣人。

在那美好的未來啊，他說

一八六五年八月十三日，喜愛觀察、喜愛醫學、喜愛幫助他人的匈牙利醫師，那個曾經笑口常開、對萬事萬物抱持著熱切好奇心的男孩，死去了。

死因是被精神病院警衛毒打後，右手的壞疽性傷口嚴重發炎感染。

多麼淒涼且諷刺——一個終生努力洗手的人，最終竟死於他被凌遲殘害的那隻手。

在他死後，匈牙利醫學界噤若寒蟬，醫學月刊上，無人提及他的死訊，更沒有任何人爲他哀悼。

接任他在匈牙利婦產科診所職位的醫師，並沒有接任「洗手」的任務。於是，當地產婦死亡率再度上升了六倍。然而，不論是他的故鄉布達佩斯，還是將他殺死的維也納，沒有任何醫師出聲抗議。

甚至，沒有人願意承認，跟他共事過。

他是誰呢？

他的名字，是：伊格納茲．塞麥爾維斯（Ignaz Semmelweis）。

當年，他曾這麼說過：

「當我回顧過往時，唯一能驅散悲傷的方式，就是幻想著！總有一天，一個更美好的未來，所有因不衛生而引發的感染，都會消失。」

那個未來其實並不遠。

在他死後二十多年，出身法國的細菌學之父路易斯．巴斯德（Louis Pasteur），發現了「殺死微小的細菌，就可以免除疾病」，而這也間接地證明了匈牙利醫師伊格納茲的「死亡微粒」學說，其實，一直都是正確的。

長期否認數十年後，歐洲的各大婦產科診所，終於願意引入消毒洗手液。

如今，伊格納茲被醫學界認定爲公共衛生的先驅：

他在布達佩斯任教的大學，將校名改爲他的名字；匈牙利與奧地利都發行他的紀念郵票與硬幣，以感謝他對布達佩斯與維也納的貢獻；他的故居成爲了知名的博物館，供人們探訪他當年的生活痕跡；二〇二〇年，新冠病毒肆虐時，Google首頁換上了他的肖像畫，鼓勵人們多洗手，以保護自己與周遭人們的衛生與安全。

甚至，當你抬起頭時，你還可以看到以他爲名的星星。

你或許會問：「那有什麼用呢？」

那樣的未來，無論如何，他都看不到了。

但，他也曾說過這樣的一句話：

「堅信那美好的未來終將到來，這多少能在我將死之時，撫慰我的心。」

我並不知道，在他死前，他是否真的仍這樣深信不疑。當他落入最漆黑的病院，過往的一切光明都離他遠去；生命曾有的美好，隨著傷口的血水不斷流逝，他是否也隨之嚥下對未來的一切希望？

但看啊，那樣的未來眞的到了。**就是此刻**。

所以，好好洗手吧，我們。在這個當下，在這個疫病蔓延的時刻，請好好地洗手，照顧自己。

因爲，即使是這麼看似簡單的小事情，都是一個人，用盡一生孤寂，所換來的成就。

肉蟻的邊緣碎碎念

拒絕接受，即使你無比正確

在後世，人們為依格納茲發明了一個心理學詞彙：「塞麥爾維斯反射」（Semmelweis Reflex），意思是，違反社會常理的言論或新知出現時，社會普遍選擇拒絕接受，即使那是正確的。

在漫長的歷史裡，有無數的「先知」，通曉了世間無法理解的真實：

比方說，地球是圓的。

比方說，宇宙萬物並非繞著地球旋轉。

比方說，做為一名醫師，你必須洗淨你的雙手。

即使擁有無比壓倒性的證據，能證明這些發現所言不虛，但為了鞏固社會「原本的既定結構」，我們往往會以視而不見、甚至斥為異端的方式，將真相驅逐於世界之外。

只是，若真要說的話，這世界唯一不變的真相就是：真相，其實不斷在變。我們曾經無比堅信的科學知識、社會風俗、道德常規，其實都有可能是一種積非成是的錯誤，隨時需要被汰舊換新。

錯了並沒有什麼，修正就可以了。但悲哀的是，這個世界很多時候，並不喜歡修正錯誤——每當這個時候，堅持看見真相的那些人，便會成為世界的邊緣人，被殘忍地驅逐或殺害。

真實，在「洞穴之外」

哲學家柏拉圖曾提出著名的「洞穴比喻」（Allegory of the cave），形容這世界的人們，宛如居住在洞穴中的「愚人」，日夜看著映照於洞穴石壁上、不斷變動的影子，以為那就是世界的真相。殊不知，影子其實來自於洞穴之外的事物。

但總會有誰，是能看見洞穴之外的人。就像經典老電影《穿越時空愛上你》裡，一個看見時光隧道的男子，被當成精神病患關入病院，他只能哀傷地說：「這世界的狗都是色盲，他們看不到顏色；而我，是那隻看到彩虹的狗。」

你沒有看見，可能只是因為你還沒睜開雙眼看清真相，但那不代表真實不存在。

或許你會說，在現代，我們已經有更開闊的胸襟與視野，去接受不一樣的真相；但只要我們點開社群，便會發現這並非事實。當人們看見自己無法接受的事情，即使未經通盤了解，人們仍習慣以鍵盤敲打出謾罵，先一步否認這些「難以理解的事物」。

比方說，一個不接受一夫一妻制的性開放者。

比方說，一個不接受傳統教育方式的在家自學者。

這個世界，是無數多元的真實所拼湊出的宇宙。人們往往會在自己的世界觀面臨崩塌時，選擇攻擊對方，而非反思：自己的觀點、價值與信仰，是不是有不夠周全之處？

一旦我們缺乏了這種反思，便會造成歧視；而正是這種盲目的力量，將伊格納茲這樣的人，慘忍地屠殺了。

多一點開闊的視野，在謾罵之前，先凝神聆聽他者的話語吧。倘若我們能多一點這樣的胸懷，或許終能揭開眼前蒙昧的迷霧，看見洞穴之外，另一番真實的風景。

Part 4
虛構世界裡的邊緣人

12

魅影，與面具後真實的誰

「那些曾見過你臉孔的人，都因恐懼而退卻。」

一聲尖叫、一段破碎的樂章。舞臺上，知名的男高音成了一具屍體，而巨大的水晶吊燈從天而降，砸碎在觀衆席之間。臉孔隱藏於面具之後的詭異男子，從歌劇院不爲人知的神祕機關中竄出，挾持了舞臺上年輕的女主角，逃向惡夢般的地底迷宮，準備將她囚禁……

「是魅影！他殺人了！」
「他綁架了女主角！」

那本該宛如災難一般的恐怖罪行現場，足以讓所有活在「正常社會」裡的你我，都感到噁心與不適。但令人驚訝的是，觀衆席的人們並未驚惶失措。甚至，當那名戴面具的男子摘下面具，露出扭曲變形、面目全非的臉孔時，人們甚至沒有將眼光移開。

相反的，他們聚精會神地聆聽，從男子口中嘶吼而出的悲慘樂章，好像他們眞的能夠理解，在他那扭曲的臉孔之後，受盡折磨的靈魂。

曲終人散時，當「光明的正義」終於驅逐了「醜陋的惡魔」——英俊的男士拯救了遭綁架的女主角，兩人互訴情衷，醜陋畸形的面具男子只能轉身離開。儘管符合社會「美滿大團圓」的結局，卻沒有讓觀眾因此歡欣鼓舞。

紅絲絨布幕落下，人們起身鼓掌，爲的，不是對那美麗的男女，而是那名醜陋的魅影，那個面目畸形、躲藏於歌劇院地窖，因爲瘋狂的愛戀而綁架殺人的「邊緣人」。

是的，這正是當代史上「最不邊緣的邊緣人」——《歌劇魅影》的故事。

這齣由安德魯．洛伊．韋伯（Andrew Lloyd Webber）所編寫、長達兩個半小時的百老匯音樂劇，自一九八六年開演以來，至今持續巡演長達三十年，是歷史上最成功的音樂劇之一。

說來諷刺，一個邊緣人，卻能在虛擬的故事中成爲主角，而這個故事更成爲主流社會爲之瘋狂的經典名作。

真實的傳說中，是誰的魅影？

要了解《歌劇魅影》之所以能深深吸引社會大眾的原因，我們必須倒轉時間，回到故事最初的時刻——

十九世紀末的法國夏日，巴黎歌劇院裡正上演著節目。忽然，垂吊於觀眾席上方的水晶燈，發出詭異的聲響，而後轟然墜下——一名正在看戲的貴婦被砸個正著，不幸身亡。

在那場演出中，一名男子正坐在鄰近的觀眾席，他的名字是卡斯頓．勒胡（Gaston

Louis Alfred Leroux），是位懸疑小說家。

深受這起悲劇影響，他決定調查有關巴黎歌劇院的傳聞。在調查下，他發現歌劇院有兩千五百三十一扇門、七千五百九十三把鑰匙，甚至有九．六公里的神祕地下暗河，與深達六公尺的巨大蓄水池。這詭異的建築設計，讓充滿幻想力的當地人建構出許多都市傳說，其中最吸引卡斯頓的，便是「地下怪人」的故事：人們相信，在那暗無天日的地下水道裡，住著一個面目醜陋的怪人，隨時會潛伏在黑暗中，突襲無辜的正常人。

於是，在作家的腦海中，一個虛構的「魅影」故事便這麼成形了：卡斯頓將他命名爲「艾瑞克」（Erik）。他是個可怕的生命體，有著扭曲醜怪的臉孔，居住於漆黑曲折的地下世界，符合主流社會對邊緣人的恐怖想像。

但，不一樣的是，卡斯頓不打算讓他只是個想像中的邊緣人，還爲這名「魅影」塑造了一些社會上不曾想像的特色：

例如，他有著常人難及的歌喉與編曲天才。

例如，他曾遊歷於波斯與土耳其，學會了複雜精湛的建築技術。

例如，在他那醜怪的臉孔下，也有一顆會愛人的心。

很奇怪的，這些特色，其實可以出現在任何人身上——但當時的人們寧可相信，唯有長相「正常」的人才能擁有這些，而「畸形」的人不可能擁有。

也正因爲賦予了魅影這些特色，卡斯頓創作出當代最受歡迎的邊緣人：《歌劇魅影》

裡的艾瑞克。

從教堂裡的怪人，到譁眾的畸形秀

魅影艾瑞克的原型除了虛構，難道沒有一點眞實的可能嗎？

卡斯頓曾說過，他所寫的《歌劇魅影》，其實深受更早的法國名作《鐘樓怪人》的影響。只是，不同於鐘樓怪人「善良的畸形者」形象，卡斯頓塑造出的，是個「瘋狂的畸形天才」，有著晦暗的情緒，與常人難及的才華。

這說明了一項事實：被歧視的畸形者，其實是一直存在著的族群，只是人們觀看他們的方式，隨著時代漸漸有了不同。

《鐘樓怪人》所描述的年代是十五世紀末，那是個宗教信仰勝過一切的迷信時代。在當時，人們對於畸形者的想像，多是認為他們受到惡魔的詛咒，才會生得如此令人恐懼。因為他們不受上帝與教會所眷顧，所以可能遭受任意霸凌、驅逐，甚至火刑。

也因此，《鐘樓怪人》加西莫多的設定，顯得極為合理——為了博得當時人們的同情，他必須被作家設定為善良天眞的存在，居住在聖潔的巴黎聖母院，心中毫無半點汙垢與猜忌。這樣的他，才能被當時的社會接受，認為他不是惡魔，而是值得同情的邊緣人。

而到了《歌劇魅影》完成的二十世紀初，宗教的力量，已逐漸被科學所取代。

人們不再相信惡魔的存在，更不受制於教會的制裁。取而代之的，是希望能在刻板的神聖與善良之外，嘗試更「新鮮有趣事物」的欲望。

在這種氛圍下，畸形者的存在，變成一種娛樂。從十九世紀到二十世紀中葉，歐美開始流行起「畸形秀」：自認爲正常的人們，花錢前往博物館或馬戲團，觀看特異的人們展演自己，以滿足獵奇心態。

這些表演者，可能是來自世界各地的異人：蓄著鬍子的女性、身材嬌小的侏儒症患者、身體相連的連體嬰……他們大受歡迎，甚至收入豐厚。但，這並不代表他們不被歧視，因爲儘管主流社會不再像中世紀一樣那麼相信所謂的「善良與美」，但看待特殊異端的眼光，卻依然是好奇嘲弄多於平等尊重。

所以，《歌劇魅影》艾瑞克的虛擬形象，便成爲新一代的「同情標準」：背景從神聖的教堂轉移至表演場所巴黎歌劇院，而艾瑞克不用像加西莫多一樣善良，甚至可以殘忍、邪惡、充滿欲望，卻又擁有強大的藝術天分，讓觀衆目不轉睛——簡單來說，他必須被塑造成「一個充滿魅力的瘋子天才」，才能讓渴望娛樂的社會產生共鳴，了解他不是個被人嘲笑的馬戲團笨蛋，而是個被社會折磨的天才，進而同情他的處境。

說到底，不論是加西莫多或艾瑞克，都是爲了讓社會產生共鳴，而塑造出的「虛擬邊緣人」。但，眞實的他們，到底又是什麼模樣呢？

像人，卻又非人：象人約瑟夫

在《歌劇魅影》寫作的那個年代，有個經常被提及的人物——就像是艾瑞克的暗影雙胞胎，有些人，會視他爲艾瑞克的眞實原型。

他的名字，叫做約瑟夫·梅里克（Joseph Carey Merrick），一八六二年八月五日誕生於英格蘭的萊斯特（Leicester）。

大概在他將滿兩歲時，他的嘴唇開始腫脹、額頭長出腫塊、左右手明顯不對稱、雙腳大於同齡幼兒，皮膚也越來越鬆弛粗糙，「宛如大象的皮」。由於當時人們普遍相信「母性印象」（maternal impression）理論，認爲孩子的相貌會受孕婦情緒影響，因此謠傳他的母親在懷孕時，曾前往馬戲團，撞到大象並受驚，約瑟夫才會長得如此怪誕，並爲他取了個綽號：「象人」（Elephant man）。

在母親過世後，缺乏關愛的約瑟夫選擇逃家，卻飽受各種霸凌與嘲弄。爲了果腹，他最終選擇前往馬戲團，以演出畸形秀維生。

在那，他遇到了醫生特里夫斯（Sir Frederick Treves）。初次見到約瑟夫時，特里夫斯的印象是這樣的：

「我從未遇見過如此畸形，如此形單影隻的人。」

出於對醫學的好奇，特里夫斯邀請他到醫院接受檢查。就像研究生物一般，特里夫斯剝光了約瑟夫的衣服，粗魯地測量他的頭圍與手腳。由於約瑟夫極度害羞且口吃，因此特里夫斯先入為主地判斷，約瑟夫必然是個「智商不高的弱智患者」。

這場檢查，事後在約瑟夫的回憶裡宛如惡夢：

「我被扒光衣服，像是牲畜廠裡的動物。」

兩人的再次相遇，是兩年後的一八八六年。由於在馬戲團巡演時受盡折磨，約瑟夫不但罹患支氣管炎，肢體障礙也更加惡化。精疲力盡的他，被送至醫院，特里夫斯只能將他接回診所，說服驚恐的護士們照顧他——儘管一開始他們極度厭惡約瑟夫的醜怪與惡臭，但日子一久，這些照護者漸漸發現，約瑟夫與想像中並不一樣。

首先，他並不弱智。

事實上，他是因為口部畸形難以言語，再加上自卑而沉默寡言。但隨著特里夫斯長期與之進行溝通，慢慢發現在約瑟夫那張臉孔下，纖細而受傷的靈魂。

但是，約瑟夫也並不單純。

受虐的經歷，讓約瑟夫有情緒化的躁鬱傾向。他渴望愛情，卻害怕女性——害怕女性對他的厭惡輕蔑、同情憐憫。他想要一個眞正愛自己的伴侶，「最好是個盲人，這樣就看不到自己的臉。」

在各方報導下，約瑟夫的名氣漸響。知名女演員馬奇．肯德爾（Madge Kendal）爲他募款，威爾斯公主亞歷山德拉甚至親自來到病院，爲他打氣。

在他人眼中，約瑟夫是個有趣且有教養的人。

他一直夢想成爲一個「正常人」，過著正常一點的生活——於是，在醫護陪同下，他前往鄉村度假、去特里夫斯家「作客」，假裝自己只是個拜訪好友的普通人。

然後，最重要的——他去看劇。宛如眞實版的《歌劇魅影》，他穿戴嚴實，用衣帽遮擋自己的臉孔與手腳，前往德魯里巷皇家劇院（Theatre Royal, Drury Lane），在暗處悄悄地欣賞了一齣兒童劇。

他唯一留下的一封信，來自於他與女性最「美好」的相遇。在特里夫斯介紹下，一位美麗的年輕寡婦萊拉（Mrs. Leila Maturin），自願前來與約瑟夫會談。

那是約瑟夫第一次，看到女性對自己微笑。

也是第一次，被女性握緊雙手，給自己鼓勵。

會面後，約瑟夫激動不已，他寫了一封信給萊拉。而那就是唯一了，是他唯一有過、最接近愛情的際遇。

一八九〇年，約瑟夫二十七歲那年，他死於睡夢之中。據後世推斷，身形畸形的他，始終無法仰臥入眠。那一夜，他或許是想像個「正常人」一樣，試著躺下，卻造成脖頸脫臼，窒息死亡。

百年之後，透過現代科技，科學家以電腦合成出他的長相、走路方式，甚至還請演員模擬他的姿態，並合成出屬於約瑟夫的聲音。

而人們試著讓這個「虛擬約瑟夫」誦念的，便是他那時寫給萊拉的信中最後一段話，改編自艾薩克．瓦茨（Isaac Watts）的詩：〈虛假的偉大〉（False Greatness）。

我的樣子確實有點古怪，
但是怨我就是怨上帝；
如果我能重塑自己，
我將不會使你不悅。

如果我能自由奔走天南地北，
或者隨心所欲橫越海洋，
人們會以靈魂的深度來度量我；
這便是我。

那就是現世裡的「魅影」，摘下面具之後，他不善良，卻也不邪惡。

我們只能在虛擬世界裡，去構築他們可能的眞實模樣。那或許是因爲，我們無法眞正面對他們的臉，無法擁有足夠的勇氣，去擁抱、去接受、去愛

韋伯當年爲了揣摩魅影的心情，訪問過許多象人症患者，探討這些受限於長相的人們心中，難以表露的才華與愛欲、仇恨與哀傷。之後，他才得以塑造出一個迷人的魅影，讓上千少女爲之癡狂落淚。

某種程度上，人們爲舞臺上的魅影艾瑞克喝采，是因爲在他身上投射了自己：在他的靈魂深處，我們看到了自己的醜惡、善妒，以及深層的渴望；唯有在虛擬的世界裡，我們才能看見皮囊底下的眞心。

然而，回到眞實世界後，誰會勇敢愛上約瑟夫？誰能勇敢地揭下他的面罩，對著一張殘破的臉孔、對他說「我愛你」？

無論戲劇如何虛構、如何美化，社會的美醜觀依然存在。而這，也讓現世裡無數的魅影，這些眞實世界的邊緣人們，終究只能在被影劇小說「再現」成「虛擬邊緣人」時，才能擁有一點點來自社會的同情與喝采。

「肉蟻的邊緣碎碎念」

以為是科學，其實是歧視

在十八世紀末開始，歐洲流行起名為「顱相學」的理論，由維也納學者法蘭茲・約瑟夫・嘉爾（Franz Joseph Gall）所提出。他認為，人的性格可以透過研究頭顱來讀取。他辨識出二十七種人格特徵，並宣稱這些特徵（包括記憶、語言能力、狡猾、驕傲、機智、堅定等），都位於腦部特定區域，而且具體烙印在頭蓋骨上。

用白話來說，「你的長相決定你的性格」，這就是當時的主流學說。從這類論述中，我們可以發現，在剝去迷信偏見後，社會歧視其實依然浸染於各類學術領域；不論是前文中所提及的母性印象，或是顱相學，其實都摻雜著社會的歧視，並影響當時的科學家推出「偽科學」見解。

在虛擬與真實間，看見他們的臉

在整篇文章裡，我一直反覆想說明的，是我們對邊緣人的「虛擬再現」，雖然有可能創造同情心，卻也可能創造出「新的枷鎖」。

我們最常見的一種虛擬，就是把身心障礙者塑造成單純如天使、沒有性欲與惡意的可憐存在，似乎唯有如此，才能夠激發人們的同理心。《鐘樓怪人》的加西莫多，即是這種被虛擬出來的邊緣人形象。

這種虛擬的殘忍之處在於：凸顯了社會對「非主流美感」邊緣人的反感。正因為認為他們沒有性魅力，認為跟「性」連結在一起會讓人不適，因此必須將他們「去性化」，變得「可愛且沒有攻擊性」，才能產生同理。

而另一種較現代化的虛擬形象，則是《歌劇魅影》的魅影艾瑞克。故事中以較露骨的方式，把邊緣人的性渴求展現出來。不過我們依然必須讓艾瑞克是個懷才不遇的天才、有著受困於肉體的心智，才能讓臺下的觀眾理解他的性與魅力。

難道身為一個不符合主流審美觀的身障者——既不單純，也不天才，僅僅是個有七情六欲的凡人，我們就不能理解他們的欲望、不能同理他們的處境嗎？

說來可悲，擁有非主流相貌的邊緣人，由於有著令主流反感的外觀，使得他們的性與愛往往被迫隱藏。人們唯有在虛擬作品中，把他們想像成極端善良或極端天才，才能接受他們的存在。

無關外觀，人人皆有享受性與愛的權利

身心障礙者往往並非如一般人所想像的那樣極端。他們有愛有恨、有善良有邪惡；會單純墜入愛河，也會陷入對肉體性愛的黏稠欲想。在近期，許多社工單位力行的「手天使」行動，便是一種將性愛權利歸還給身心障礙者的方式。然而這樣的幫助，終究與平等的愛欲有距離。

我們因為《鐘樓怪人》《歌劇魅影》而同理邊緣人，這是虛擬作品最美好、也最強大的功能。但，當我們真的想愛真實世界的邊緣人時，我們終究必須忘掉那些虛擬。如此一來，才能真的摘下面具，看到魅影隱藏其下的真實臉孔。

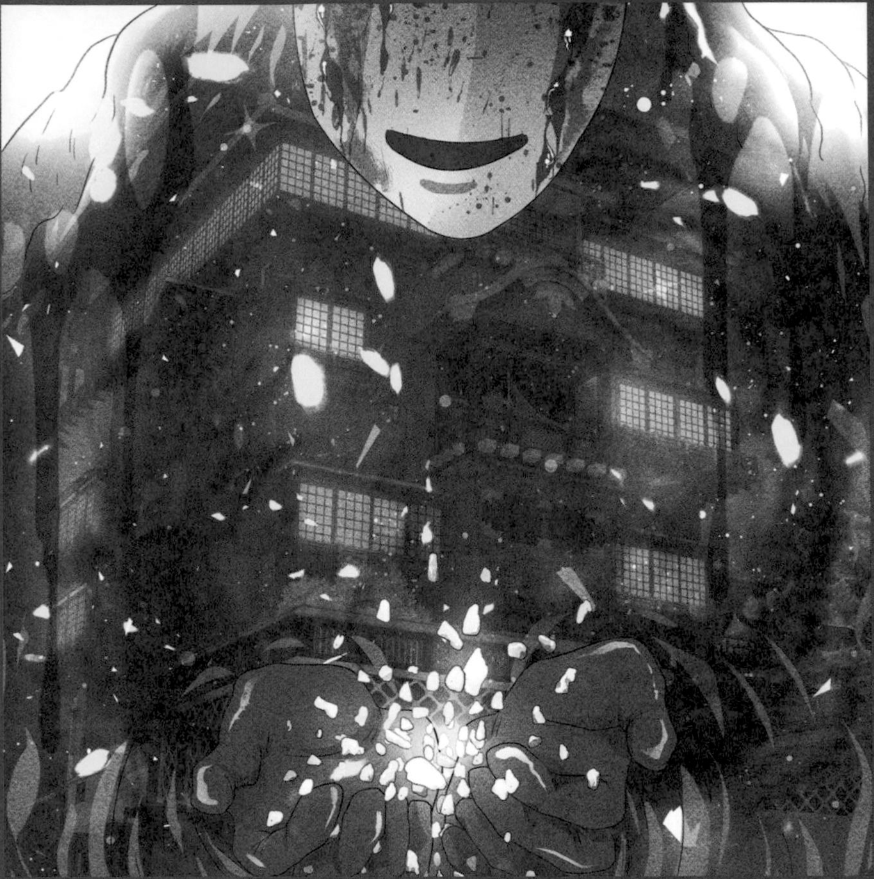

13

無臉男，孤寂背後的凶案人間

「我好寂寞，所以好想吃，好想吃，好想吃。」

恐怖而巨大的黑色怪物蹲坐在杯盤狼藉的大廳裡，臉上戴著一張沒有表情的面具。名為千尋的女孩直直注視著他，以及被他生吞入肚的其他神靈。

這正是宮崎駿知名動畫《神隱少女》的著名場面。

說也奇怪，在這個「群神亂舞」的奇幻故事裡，最受歡迎的神靈，除了俊美清秀的河神白龍之外，竟是這個沒有面目、個性詭譎，連神靈都遺忘的邊緣系神靈「無臉男」。

為什麼，一個虛擬、不討喜的動畫角色，卻有著直逼主角的高人氣？人們為什麼可以忽視他模糊的外表，以及不斷吞吃他人的恐怖行為，對他產生深刻的同情與共鳴？

這或許要從日本社會隱藏的扭曲暗影中，找出線索。

被現代資本社會神隱的幽靈青年

在日本，「神隱」意指「被神隱藏起來」，常發生於孩童身上。

在日本「萬物皆有神」的多神信仰中，神明是無處不在的，祂們可能給予祝福，也可能降下災厄，因此人們習慣把生活中的大小事情，全都解釋為神明所為。而「神隱」，便是古代日本人在孩童失蹤時安慰自己的說法。換言之，人們不願猜想孩子可能遭遇不測，因此替眞實包裝上神話糖衣，將孩童失蹤的案件，化爲一則縹緲傳說。

在《神隱少女》裡，千尋是眞的被神隱了。但有趣的是，她被帶往的那個「神之領域」：湯婆婆所經營、有神靈造訪的湯屋，卻與我們此刻身處的眞實人間如此相似。

沒錯，事實上，整座湯屋，正是宮崎駿對資本主義社會的神話包裝。湯婆婆是沒血沒淚的慣老闆、白龍是爲了求升職而迷失自我的苦幹社畜，千尋則是初入社會的小菜鳥。在這個金錢與物欲至上的資本社會裡，一代又一代的孩子被神隱了，被迫販售勞力，慢慢失去自己的純眞，成爲忘記名字的大人。

而在這個脈絡下，「無臉男」代表的又是誰呢？

他所代表的，其實正是身處高壓社會中，「失落」的那群年輕人。

一九九〇年日本泡沫經濟崩潰後，許多企業不再長期聘僱職員，改採低薪短期的派遣員工模式。加上二〇〇九年金融海嘯、二〇一一年的三一一大地震，崩盤的經濟創造了大量的失業人口，找不到工作的日本年輕人，陷入「畢業等同於失業」的絕望之中，大量「幽靈青年」便這麼誕生了。

他們或是拒絕面對社會壓力、躲在父母家中的「繭居族」；或是薪水低得可憐、找不到地方居住，只能住在便宜網咖中過一天是一天的「網咖難民」。

他們無法像千尋這樣，保持孩童時期的純眞，也沒辦法像白龍一樣，成爲被社會接納、有用的職場大人。這些幽靈青年失去了對生活的嚮往，卻又渴望物質享受，在資本社會裡成爲一群活生生被忽視的邊緣人。

也因此，「無臉男」才會大受歡迎，因爲這種徬徨，其實正發生於各國年輕人身上。身處社會競爭中的我們，都在無臉男身上看到了自己——那個被迫長大、在殘酷世界裡掙扎著不想被邊緣的自己。

但是除此之外，在無臉男詭譎的面目背後，其實還藏著更多社會的扭曲暗影。

邊緣的孩子，在痛苦裡殘暴地長大

在宮崎駿的著作《折返點 1997~2008》中，道出一段無臉男的自白：

「寂寞，寂寞，好寂寞，

「我，孤單一人，

「理我，快理我，

「我想大口吃，我想囫圇吞，

「我想膨脹變大，

「如果變重的話，
「應該就不會寂寞了吧。」

藉由不斷「吞吃」的過程，無臉男試圖讓自己「長大」，他以爲如此一來，便可以消除難以忍受的寂寞。這種長大的渴望，或許每個人在孩童時期都有；但在日本，這種迫切的絕望感或許更加深刻。

依據二〇一八年的數據統計，日本青少年自殺人數創下三十年來新高。二〇一六至二〇一七年間，共有兩百五十名中小學生自殺。究竟是什麼原因讓這些孩子陷入巨大的絕望之中？最大的問題，來自於長期存在的「霸凌」。

前面關於「津山事件」的篇章中也談到，由於日本重視團體合作，極度排斥「不合群的異端」，因此只要是不符合社會期待的人，便很容易受到排擠。而這種霸凌現象，在青少年求學時期尤其顯著。

無臉男，正是這種「無法融合於團體中的邊緣人」。沒人知道他從何而來，也沒人關心他的存在。正因爲他沒朋友、被忽視、根本沒人記得他的長相，所以他「沒有臉」。這樣的孩子爲了生存，只能藉由模仿他人言行，洗掉最純眞的自己，好長大成爲「能配合團體的大人」，藉此脫離被霸凌的處境。

但是，萬一就算「長大」也沒有辦法改變自己的處境時，又該怎麼辦呢？這往往會引發諸多悲劇的結果——被霸凌的邊緣孩子，不是被迫走上自殺絕路，便是因此成爲報復社會的怪物。

飢餓的怪物，無差別的殺戮

在日本，有一部名爲《少年法》的法律，至今仍備受社會爭議。

二戰結束後，戰敗的日本社會陷入慘痛的貧窮地獄之中，許多青少年因爲缺乏關愛與飢餓而犯下偷盜罪行。政府因此在一九四九年訂立《少年法》，讓這些未成年的孩子可以不用承受與成人相同的刑罰，以提供更生的機會。

但是這部法律在近年卻備受挑戰，因爲隨著經濟好轉，少年犯罪的型態也變得越來越暴力、血腥且低齡化，遠遠超過社會想像。一九九七年的「酒鬼薔薇事件」便是一個極可怕的案例。

年僅十四歲的國中少年，用槌子陸續攻擊神戶市的四名小學生，造成一死兩重傷。之後少年更勒殺了一名小五的鄰居男童，還將男童斬首，並把首級放在學校門口示衆，甚至留下一封署名「酒鬼薔薇聖斗」的挑釁信件，向警方宣戰，震撼整個社會。

此外，包括「大分縣一家殺傷事件」（二〇〇〇年八月，犯人爲十五歲少年）、「佐世保小學殺害同學事件」（二〇〇六年六月，犯人爲十一歲少女）、「佐世保高中女生遇害事件」（二〇一四年七月，犯人爲十五歲少女）……大量青少年凶殺案件相繼出現。

日本是世界聞名的低犯罪率國家，也因此，這些「不合群孩子」的存在，被社會視爲「怪物」。他們沒有仇恨動機、沒有二戰時期貧苦孩子悲慘的身世，多數甚至家境不錯，也未受過凌虐，但這些孩子卻採取「無差別殺人」以報復社會。

「快給我，快讓我吃，

「我好寂寞，所以好想吃，

「好想吃，好想吃。」

就像無臉男呑吃衆生的過程，身爲一個長期被社會忽視的邊緣存在，這些孩子的心理產生巨大的空虛，最終化爲魔怪，藉殘暴而無差別地殺害他人，以奪回自己「存在的價值」。奪走他人的生命，只是爲了塡補內在的空虛，這是遠比二戰後的「窮困飢餓型」青少年更詭異恐怖的「心理飢餓型」青少年。

而這難以抑止的報復欲望，其實源自於對某種事物的求而不得。

愛你，所以要殺死你

「我不給別人，只給妳。小千想要什麼？」

「我好寂寞，我要小千。」

在動畫裡，大家對無臉男最印象深刻，或許也最有共鳴的，便是他對千尋近乎病態的執著。到頭來，在瘋狂地模仿、吞吃、殺戮他人後，眞正讓無臉男內心飢渴難耐的，依然是對某個人「求而不得的愛」。

就像被資本主義遺忘的繭居族與網咖難民，等待被社會所愛；從小遭到霸凌歧視的孩子，祈禱能被同儕所愛；即使是無差別殺人犯，也渴望被鎂光燈注目的愛。

人們同情無臉男的這種「愛」，或許是投射了自己渴望被愛的自卑傷痛。但這種愛其實是可怕的：當無臉男發現自己得不到千尋時，巨大的恨意讓他發狂，甚至產生攻擊千尋的衝動。

到頭來，那樣的愛，終究只是一種自戀，因爲無臉男其實並不想尋找讓自己付出愛的對象，而是想找個誰來愛自己。當這種自戀式的愛情推向極端，往往會衍生出恐怖的結論：「我得不到，別人也別想得到。」

一九九九年，二十一歲的女大學生豬野詩織，在停車場遭前男友小松和人刺殺身亡，這便是轟動一時的「桶川跟蹤狂殺人事件」。

一開始，詩織相當欣賞溫柔的小松和人，但小松卻在交往期間瘋狂購買大量名牌包、時尚服裝當做禮物；詩織因感到古怪而拒絕時，反而引起小松勃然大怒，厲聲叫罵：「這是我的愛情表現！妳怎麼可以不接受！爲什麼?!」而當害怕的詩織決定與小松分手後，小松便開始瘋狂地跟蹤、恐嚇與騷擾，最終導致凶殺慘案。

這一切恐怖行徑，其實都與無臉男一樣。

手拿著象徵資本物質欲望的金子，無臉男希望藉此擄獲千尋。但到頭來，這個邊緣的孩子，從來沒有眞正了解所愛的人要的是什麼，他只是模仿社會裡那些大人最膚淺的樣貌，做爲自己的面具，希望能藉此得到被注視的機會。

像千尋一樣，正視無臉男的苦痛

整體來說，無臉男是由當代社會各種扭曲共業集結而成的新一代青年。困於資本高壓與經濟衰敗、因擔心被霸凌而瘋狂模仿他人、心理渴愛卻不懂愛。宛如還沒長大就被神隱的孩子，他們的心智一直停在孩童時期的不安中，自卑卻又自戀，隨時會因痛苦轉向自殺或殺人。

但另一方面，由於他們沒有長輩們打過仗、白手起家的經歷，使得「無臉男」們的痛苦經常遭到小看，甚至忽視。「缺乏抗壓力」「沒競爭力」「爛草莓」等社會標籤，讓他們的痛苦失去了「臉孔」，只能表現出消極厭世的模樣，好對抗這個世界。

面對這樣苦痛的靈魂，生於二戰時期的宮崎駿，給予的解答是：**「我們要注視這些孩子。」**他並沒有讓千尋愛上無臉男，而是讓千尋「看」到他，看到他被社會神隱起來的痛苦。如果說千尋是「神隱少女」，無臉男就是連神都忘記了的「神隱邊緣人」。

這個社會不需要愛上無臉男，但必須正視他們的存在與苦痛，接下來，我們才有可能接住那些因爲不堪痛苦，而徹底魔化的無臉男，不讓他們墜入深淵。在故事裡，千尋幫無臉男找到一個「家」，在那裡，他可以做自己，可以自食其力，可以被尊重，可以對自己有自信，這其實正宛如更生的過程。

日本文部科學省心理輔導師碓井眞史在著作《誰都可以，就是想殺人》一書中提出，當代許多青少年罪犯，其實都缺乏了能給予他心理滿足感的「家」。他們不見得受虐，只是沒有在家裡面學會如何愛自己，也無法建立足夠的信心，去面對高壓社會。

苦痛的無臉男**需要的不是溺愛，而是尊重**，是讓社會正視他們的處境。只要有誰能給他一個這樣的安身之家，無臉男就能不再魔化。

揭開面具後，笨拙但溫柔地面對世界

一個能面對世界的人，到底是什麼模樣呢？很有趣的，宮崎駿的答案是：跟千尋一樣就可以了。

千尋並不完美，笨拙又愛哭，不像白龍一樣能成爲社會裡爬到高位的人。但千尋始終記得自己是誰，並能夠調適自己，不輕易因爲社會的標籤而歧視他人，並能眞誠地用「無色」的眼光，去幫助身邊的人。

所以，她可以看見湯婆婆在邪惡嘴臉背後，溺愛寶寶的脆弱；所以，她可以看到骯髒外貌之下，溫柔偉大的河神；所以，她可以找回白龍眞正的名字。

也正因爲如此，她可以看見被社會忘記的無臉男，幫無臉男撥開社會所覆蓋的一層又一層汙垢，讓他也學會正視自己眞實的模樣。

在這個殘酷多於善良的世界裡，我們之所以同情無臉男，是因爲我們其實無時無刻都擔心自己會淪爲如無臉男一般、社會最底層的邊緣人：沒錢、沒人愛、沒未來。

但只是擔心自己、可憐自己，終究無法改變這個殘忍的社會。如果可以，請試著揭開自卑且自戀的面具，成爲千尋吧，正視自己的醜陋、膽小與不完美。如果可以，也請試著注視別人的苦痛、幫助別人遠離這些悲傷。

如此一來，或許無法長成一個完美的大人，但至少可以成爲一個溫柔而笨拙的好人。

肉蟻的邊緣碎碎念

宮崎駿獻給孩子的懺悔

在許全義先生的文章〈從鄉愁到無臉男的懺悔與救贖〉中，提到一個很有趣的視角：

「萬物有靈『animism』，字根是『anima』，具有呼吸、靈魂、生命的意思。動畫『animation』，字源也是『anima』。有靈有赦，庇佑眾生。」

像是想藉「動畫」來淨化社會，宮崎駿的動畫，總會直指某項社會議題。《神隱少女》便是誕生於二戰時代的宮崎駿，觀察現今孩子的困境之後，所製作出來的救贖童話。他以隱晦的方式，把社會的黑暗面藏匿在故事之中，卻又希望孩子在看完之後，能帶走一點溫柔的力量——這可說是屬於他的「懺悔」。

為什麼是懺悔呢？因為具有反戰思想的宮崎駿，始終以自己父親一輩挑起世界戰爭、攻占他國的行為為恥：

「父親和叔父們，總是講著自己在中國殺人的故事。日本不是戰爭的加害者嗎？這些老頭們有沒有搞錯啊？被這些長輩養育的自己，是不是錯誤的產物呢……？」

為了「贖罪」，他決定耗費一生繪製愛與反戰的故事，讓下一代的孩子免於這種可怕的思想。也因此，在《天空之城》裡，戰鬥用機器人舉起和平的花朵；《霍爾的移動城堡》裡，擁有高超魔法的霍爾堅決逃避兵役。藉由這些動畫，他試圖淨化日本的「二戰意識」，洗去那些他討厭的「父親形象」。

一百分的導演，零分的爸爸

但是，當宮崎駿成為全世界孩子最喜歡的動畫師之一時，卻也成為了新時代裡「討人厭的父親」。他的兒子宮崎吾朗曾這麼形容過宮崎駿：「超級工作狂，是一百分的導演，零分的爸爸。」

說來諷刺，為了給全世界的孩子繪製動畫，全心奉獻於工作的宮崎駿，到頭來卻成為兒子心中的爛爸爸：一意孤行、不常回家、如暴君般對待家人與下屬。

而這個現象，其實也是現今東方社會最大的問題：在信奉「工作至上」的社會價值下，父親經常在家庭中缺席；就算偶爾出現，也只會以霸權抨擊孩子，徹底忽視孩子隱藏在背後的痛苦。

也正是這種忽視，養育出了新一代的孩子——那些沒自信的「無臉男」們。於是，一代又一代受傷的孩子，將傷痛以不同的方式，「神隱」於下一代孩子的身上。這是一個哀傷的傳承與詛咒。

但，再深的詛咒，也有斬斷的可能——就像宮崎駿這個「零分爸爸」透過白龍所說的：

「你快走吧，記住不要回頭。」

這是一句獻給孩子們，或許也是獻給自己忽視已久的兒子，最真心的一句祝福。當孩子找到自己面對社會的方式後，記得，不要再回頭重蹈上一代的覆轍。

唯有如此，才能讓受傷的神隱孩子們，找到真正回家的路。

附錄1
每個魔王，都曾是想被愛的小怪胎

《哈利波特》系列，在我心中一直都不只是個「奇幻故事」這麼單純。事實上，它更像是眞實世界的童話隱喻。

「巫師」，指的是誰？

他們是那些被社會厭惡的族群：可能是恐同家庭裡唯一的同志小孩、是社區裡某個因貧困而終日汙臭的窮苦孩童、是白人學校唯一的黑人學生……他們是那些因自己的不同，而受盡社會折磨的族群化身。

他們是不被愛的怪胎，但怪胎其實都渴望著愛。

在《哈利波特》的故事主線裡，我們看到一個被麻瓜歧視的小鬼，後來居然成爲巫師的閃亮英雄。這無疑給遭到霸凌的邊緣孩子一個希望：小怪胎，不要慌，總有一天你會找到眞正屬於你的家。

但故事中的暗影、那個絕對邪惡的佛地魔，同樣也是擁有苦痛童年的孩子——湯姆．瑞斗，卻從來沒有人關心：他如何成了魔？

沒辦法，在屬於孩子的童話裡，壞蛋就是壞，沒有人需要同情壞蛋，反正只要打倒他，世界就和平了。

然而，這二元對立的魔王形象，在《怪獸與他們的產地》被解構了：故事裡，殘酷的世界壓迫著想成爲巫師的孩子——魁登斯（Credence Barebone），而這孩子，終於因爲恨而成爲了魔怪。我們清楚看到了，原來即使是殘酷的魔怪，也曾是渴望認同的小怪胎。

試想這樣的一個事件：

一個喜歡穿著女裝的男孩，被父母終日虐待，被迫穿著男裝，在學校也受盡歧視。最後，他終於因爲憤怒而舉起機關槍，向全校師生開槍掃射。

這就是歧視的力量，他的殘酷無情，催生了更巨大、更難以控制的，恨的魔怪。

不同於《哈利波特》主線故事的是，這一次，沒有英雄要來阻止這個受傷的魔怪了。《怪獸與他們的產地》的主角——紐特，自己也是個始終活在個人小宇宙、遭巫師同袍排擠的「怪胎中的怪胎」。他不是哈利，不是那個舉著正義之劍吶喊的英雄。

取而代之的，他選擇了「拯救」。

紐特拯救被魔法世界討厭的怪獸；同時，也拯救那個因苦痛而癲狂的魔怪。

「救救他。」

《哈利波特》第七集裡，假死的哈利，徘徊在生與死交界的車站，看到虛弱扭曲的佛地魔，宛如嬰孩般蜷縮在地面，已然奄奄一息。哈利無法拯救他，因為佛地魔已病入膏肓。

但到底，哈利是不能救，還是不願意救？

我不做批判，不論你想成為正義之士哈利，或是溫柔的救助者紐特，並沒有誰的選擇比較高尚。

但無論如何，我們必須明瞭，很多魔王，其實都曾是渴望愛的小怪胎。他其實只想要一個擁抱，一點認同。

石內卜因為莉莉，戰勝了恨意的誘惑；當年，若有誰讓湯姆．瑞斗感受到愛的溫暖，或許他不會成魔。

如果你沒有足夠的心胸，給予小怪胎包容與體諒，請至少，不要成為迫使小怪胎成為魔王的幫凶。

附錄2

永遠的異鄉人——專訪肉蟻小姐的創作旅程

盧薇伊

與無數個受傷的小孩共進的掙扎

大家應該或多或少認同，創作一定程度上反映了自己的經歷與思想。肉蟻小姐也先開宗明義地表示：「我會寫下那些不討喜、被歧視、甚至令人駭異的邊緣人們。」

所以，我們不禁要問，肉蟻小姐如何看待「邊緣」？緊扣著這樣的核心詞來書寫與繪畫，她自己又是怎麼樣的一個邊緣人類？這之中，共鳴處在哪裡？而我們得先釐清一個前提，萬人追蹤的一位圖文作者，她故事裡經常反透的是黑暗裡的一點小曙光，跌撞的背後可一點也不雞湯。

「我覺得邊緣對我的定義就是，永遠的異鄉人，不論社會裡，多少團體被形成、被組織、被創造，似乎都沒有可以完全接納自己的地方。」

也許是從小心思極爲細膩敏感，肉蟻提及數次在學校裡與同儕相處的經驗，心靈始終感覺自己像是個被落下的存在。只是人，終究是矛盾的。肉蟻說自己做爲一位雙性戀者，以及受焦慮症困擾的輕微精神疾病患者，明明也是個邊緣人，卻在加害邊緣人的矛盾裡，掙扎寫作至今。

想起曾經對班裡的轉學生釋出熱情與好意，大概就像是看見一種比自己更孤立無援的對象而不斷付出吧；只是久了，大家開始嘲笑他們像是同性戀，轉學生對自己的依賴也逐漸過度甚至變得瘋狂，於是強大的退卻感來臨，自我保護的意識也油然而生。肉蟻逐步切割關係，讓自己脫離被連帶霸凌的迴圈，只是那位轉學生卻始終處在迷航之際，最後逃課、逃學、吸膠。

更甚者，在她開始了部落格的寫作生涯後，也曾遭到罹患精神疾病的讀者，從支持到性騷擾。長達數年之久的困擾帶給肉蟻的，是人心善惡模糊之間的矛盾、歉疚，與更加敏銳細緻的創作動能。

這些不算愉快的回憶，儼然成爲肉蟻創作沃土裡的重要滋養。提及自己爲什麼想寫與畫，肉蟻分享影響自己最深的創作是日本動漫《玩偶遊戲》。這是許多七、八年級生共同的童年回憶，看似甜甜的愛情故事裡，說的是一個個破碎又不安的小孩彼此毀滅與療癒的人生。

回到現實，大概也就是肉蟻在生活中看見太多受傷的孩子，酷似漫畫，也形同自己，所以渴望將這些不好不壞的狀態記錄下來：**「我一直在創作的東西，就是跟自己相關的，那種相關就是『邊緣感』。」**這之中最安全的距離，大概便是靠著創作，給予需要的人一點點感動或同理。因此肉蟻小姐的各種「邊緣故事」相應而生，是對她自己的一種成全。

再跨出去一點點，我們就會成為妖怪

在廣告公司做編輯也做企畫的肉蟻小姐，對於資本社會要的東西，其實相當不在乎，所以明明形容自己有像棉花糖般、一碰就可能產生傷痕的心思，在同事眼底，卻是一個冷靜又大膽的狠角色：「我不會把客戶或上司的評價放在心裡，提案不過就再來。不怕的理由，大概就是根本不放在心上吧！」言談之中，肉蟻難得露出謹慎之外的一種坦然。

提及自己的創作，有別於毫無共鳴感的廣告文案，終於讓自己漂泊的心有了一點踏實的感覺：「臉書主要是希望讀者帶走一個個的故事並彼此分享，但在方格子上的創作，則回歸自己攻讀人類社會學的背景，加入了更多的論述與延伸理論。」可是這一邊緣人的系列故事與討論，眞的能觸碰到肉蟻小姐核心想創作的內容嗎？答案卻是否定的。

「其實眞正想要創作的東西，是很落地的，想要寫日常周遭的人們細瑣的小奸小惡，像針會一點一點刺出惡意的那種。」帶著一種獵奇、旁觀的姿態來觀察這種無所不在的惡意，也期望自己能以小說或漫畫的形式來創作。不過肉蟻也稍嫌無奈地說，自己不是計畫型的創作者，實在無法乖乖按表操課。做爲一位斜槓者，卻每每在等待「靈感大神」的降臨，其實很困擾；但如果自己不進入「瘋魔」的心境，或盡可能投身創作的人物之中，作品根本搆不上自己的標準。

「妖怪的樣子是什麼？」這是在訪談中，我們不斷遊走又繞回來的話題。喜歡研究犯罪心理學的肉蟻說，具象化的表現，就是走向犯罪之路的小朋友或青少年，當自己的痛苦與寂寞達到一個邊界的時候，恨意就可能會變成妖怪的樣子。

也許每一個人都那麼企盼，有哪個誰能跟自己說一句：**「你這樣就已經足夠美好。」**因此像我們讀到震驚日本社會的「津山事件」，便是一種體證。

雖然肉蟻仍舊反覆琢磨自己創作以來，各方面的能力不足，包括時間的掌握、畫技的表現、產文的質與量，但始終零負評的讀者回饋，是肉蟻相當感激的事。本來以爲碰觸了一些敏感的議題，會引來筆戰或討論，但大概是她柔軟的筆調，讓對話與多元的聲音，自然而然在她的筆下相應而生。

其中也有許多難能的寶貴互動，像是陌生的小朋友，會與肉蟻傾訴出櫃的掙扎與痛苦。或像是進行過的「臉書感人企畫」，由肉蟻揀選來自讀者的投稿，藉由她的創作，讓這裡不再是她的一言堂，而是孕育故事的一個溫暖巢穴：「這些對我都意義重大，因爲我覺得自己創造了一個具有安心氛圍的地方，讓我可以成爲他們訴說的對象。」

命題只有一個，但不會只是愛與恨

「人的歧視和仇恨會讓一個地方再也生不出雨水。」這是肉蟻總結這系列故事的一些體悟，說的意境也是影響她很深的一本書《洞》。

回想起自己曾經體弱多病到連體育課都無法上，只能一直待在圖書館看書，同時也是在群體中始終被落下的一個孩子。很多事情的開始，明明是帶著對世界的恨意，到頭來卻一次次地被生活中一些轉瞬的小美好、理解或溫暖而有所化解。

肉蟻的創作之旅，也是在無數矛盾的執念裡抗衡：「我喜歡寫畫人性的複雜，像群像劇一樣，從多元角度去看一件事情。像是今敏導演的《千年女優》，也是一個那麼邊緣和渴求被愛的角色，但是看到她，我好像看到自己想活成的樣子。」

我們愛的是一個這樣的過程，和更爲流動的自己。單一的標準與人物，只是一種投射，盼望在世界的一隅，自己裡裡外外的「奇怪」能被看見和接納。

（本文作者爲文字工作者，原刊登於「方格子 方格人物」，已獲授權）

謝辭

因爲你們，我學會愛自己的邊緣

本書能夠出版，必須感謝的人非常多：

首先必須感謝將我的文章分享給學生的好友，這邊我就不提你的本名了，但是因爲你這個小小的舉動，才能讓我有勇氣完成後續的寫作。

再來是願意來我粉專與專欄閱讀的每一位粉絲好友，是你們一個又一個的讚、訂閱與鼓勵，讓我這個意志不堅的創作者，能夠堅持著繼續創作下去。

接下來一定要感謝發掘我「邊緣人」主題的方格子平臺，是你們讓我開啓了粉專之外、書寫長文專欄的新天地；也謝謝究竟出版社編輯看見了我的系列拙作、進而邀約成書，種種幸運，眞的讓我難以想像。

在成書過程中，充滿才華的好友同事、鬼點子特多的老妹、以及設計美學超強的爸爸，爲我這本小小的書提供了名稱與設計各方面的建議。沒有你們，我一個人絕對無法做到這麼多事情。

另外，當然也要謝謝此刻正閱讀著這本書的你。你絕對想像不到，光是你買下書的這個動作，會給我的宇宙帶來多麼巨大的震動。

一直以來，我都不是個有自信的人，體弱多病又沉迷幻想，自覺邊緣無比的我，雖然有著寫作與畫圖的興趣，但從來不敢稱之為專長，總是默默低著頭，躲在自己的世界裡創作。即使如此，我依然一直有個小小的願望：希望有一天，能夠出一本自己的書。

而在我一點都不相信自己能做到、陷入無數次低潮的時光裡，是媽媽一直一直一直陪在我的身邊。文學底子與人文素養比我深厚得多的她，持續地相信我、支持我，給我各式各樣創作方向的建議。

不被愛的小怪胎，可能會成為恐怖的魔王。我很幸運，身邊一直有許多願意愛我的人，與一個永遠拉著我的手、鼓勵我前進的媽媽。

媽媽，謝謝妳。

謝謝妳不在乎我的邊緣、多慮與膽小；是妳讓我愛上了自己的邊緣，也懂得去愛別人的；是妳讓我從一個畏畏縮縮的邊緣青少年，變成可以勇敢大喊：「看好了世界，我邊緣又怎樣？」的怪怪成年人；是妳讓我摘掉無臉男的厭世面具，學著成為一個傻呼呼的千尋。

謝謝妳，在我一點都不愛我自己的時候，就愛著我了。

這本書每一篇故事都獻給舅舅，同時，也是獻給妳。
沒有妳，我絕對無法成爲如今這樣，可愛又白癡的小怪胎。

本書的相關文獻及參考資料，
請掃描 QR Code

國家圖書館出版品預行編目資料

怎麼就邊緣了呢？：肉蟻的歷史邊緣人檔案／肉蟻小姐 文字．繪圖
-- 初版 -- 臺北市：究竟，2021.09，
304 面；14.8×20.8公分 --（歷史：76）

ISBN 978-986-137-338-6（平裝）

863.55 110011609

Eurasian Publishing Group
圓神出版事業機構
究竟出版社
Athena Press

www.booklife.com.tw reader@mail.eurasian.com.tw

歷史 076

怎麼就邊緣了呢？——肉蟻的歷史邊緣人檔案

作　　者／肉蟻小姐
發 行 人／簡志忠
出 版 者／究竟出版社股份有限公司
地　　址／臺北市南京東路四段50號6樓之1
電　　話／（02）2579-6600．2579-8800．2570-3939
傳　　真／（02）2579-0338．2577-3220．2570-3636
總 編 輯／陳秋月
副總編輯／賴良珠
專案企劃／沈蕙婷
責任編輯／林雅萩
校　　對／肉蟻小姐．林雅萩．賴良珠
美術編輯／金益健
行銷企畫／鄭曉薇．陳禹伶
印務統籌／劉鳳剛．高榮祥
監　　印／高榮祥
排　　版／莊寶鈴
經 銷 商／叩應股份有限公司
郵撥帳號／18707239
法律顧問／圓神出版事業機構法律顧問　蕭雄淋律師
印　　刷／龍岡數位文化股份有限公司
2021年9月　初版

定價 430 元　ISBN 978-986-137-338-6

背面

《一席之地》
書角書籤

正面

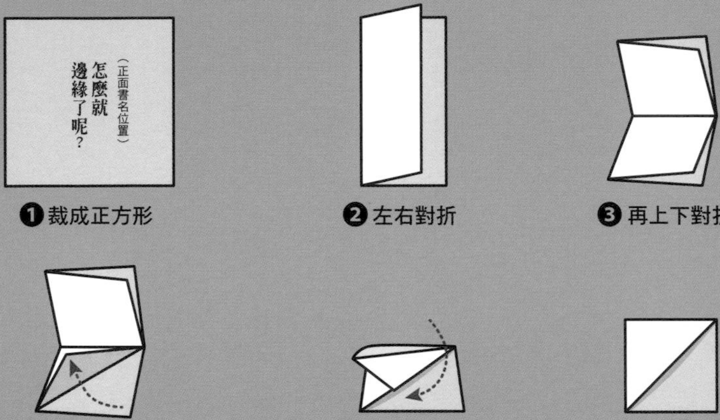

❶ 裁成正方形
❷ 左右對折
❸ 再上下對折
❹ 將下半部上層往中線折成三角形
❺ 將上半部往中線折成三角形塞進下半部口袋中
❻ 完成

怎麼就
邊緣了呢？